Faux départ

MARION MESSINA

Faux départ

ROMAN

© LE DILETTANTE, 2017.

Le Code de la propriété intellectuelle interdit les copies ou reproductions destinées à une utilisation collective. Toute représentation ou reproduction intégrale ou partielle faite par quelque procédé que ce soit, sans le consentement de l'auteur ou de ses ayants droit ou ayants cause, est illicite et constitue une contrefaçon sanctionnée par les articles L335-2 et suivants du Code de la propriété intellectuelle.

Pour Jean, Micheline et Antoine
Ser terco. Insistir.

1

Alejandro s'était réveillé avec la bouche sèche et la mi-molle des matins maussades. Il s'était étiré péniblement, la paume dorée de ses mains fines avait touché la poutre qui traversait l'unique pièce de son appartement. Il avait faim, le frigo acheté chez les Compagnons d'Emmaüs dégageait une odeur âcre de pâtes aux lardons. Il avait remis le même caleçon que depuis trois jours, enfilé un pull trop fin pour supporter les hivers grenoblois et regardé la liste de ses téléchargements. Il observa d'un œil torve et d'une main agitée la sodomie d'une quadragénaire en porte-jarretelles et talons aiguilles, sortit s'acheter un kebab avec un ticket-resto et rentra dans son dix-huit mètres carrés poussiéreux. Il était déjà 17 heures, c'était un samedi pluvieux et froid de décembre. Il ne travaillait pas les week-ends. La prochaine beuverie chez ses amis compatriotes ne commencerait pas avant 21 heures. Il se roula un joint et s'allongea.

Il logeait dans une ancienne maison de famille, dans le quartier de l'Île-Verte. Huit studios avaient été improvisés dans d'anciennes chambres d'enfants, tous occupés par des étudiants. Il n'y avait plus de rires ni de bruits de chahut mais des râles de stupre, des orgies d'alcool et des cliquetis de bouteilles descendues dans des seaux au cours des dimanches aprèsmidi. L'occupant le plus jeune avait dix-neuf ans, le plus âgé était un doctorant en physique qui chatouillait la quarantaine et cachait toute l'année sa calvitie sous un bonnet rasta. Les murs en crépi vibraient au son des basses du trip-hop britannique, notes douceâtres du reggae jamaïcain, électro *classy* d'un quelconque disc-jockey d'Europe de l'Est. Il aurait pu être question de n'importe quel étudiant de n'importe quelle ville de province d'Occident. Mais Alejandro Manuel González Peña était légèrement conscient de son inconsistance, et c'est pourquoi il était plus intéressant et beaucoup plus névrosé que n'importe quel Colombien expatrié dans une ville choisie dans la plus pure contingence.

Étudiant en dernière année de *pregrado* en littérature française dans une université privée de Bogotá, Alejandro avait décidé d'imiter ses idoles en se formant sur le Vieux Continent. Atterré par la médiocrité de ses concitoyens et la corruption de leurs élites indétrônables, il avait entamé pendant près d'un an des démarches qui avaient fortement éprouvé son français académique. C'est en se rendant sur la fiche Wikipédia de Stendhal qu'il avait découvert sa future ville d'adoption, bien que le nombre peu élevé d'habitants l'ait d'abord pétrifié. Grenoble était un choix par défaut, la poste colombienne n'ayant jamais envoyé dans les temps ses dossiers de candidature à Bordeaux et Lyon.

Grâce à un oncle établi aux États-Unis, il avait pu réunir assez d'argent pour obtenir son visa, payer son billet d'avion et la caution de son premier logement, un F3 sur les grands boulevards partagé avec quatre autres Sud-Américains. Pour pouvoir vivre son rêve de gloire et d'érudition, il avait laissé derrière lui Diana, sa *novia* depuis le lycée. Il avait réalisé dans l'avion qu'elle ne lui manquerait pas, ou si peu. Il partait *rencontrer son destin*, bien qu'il ait été le premier et plus grand amour de sa vie.

Elle lui avait proposé de le suivre, elle aussi avait achevé son premier cycle et son français était alors bien meilleur que le sien. Il avait refusé en citant Neruda et lui expliquant qu'il valait mieux se quitter lorsque l'amour est à son apogée. Elle avait fait une longue dépression et pris vingt kilos dans les mois suivant son départ. Quelque chose en elle s'était brisé, elle lui avait envoyé de longs mails dans lesquels elle décrivait cet insoutenable sentiment d'abandon, les nuits d'angoisse peuplées de rêves obscènes, elle le voyait baiser d'autres femmes, ses maux de ventre, ses accès de boulimie, ses crises de larmes interminables qui l'étouffaient à tout moment de la journée. Il n'avait jamais répondu. Il n'y avait rien à dire à cela. Il regrettait qu'elle souffre mais ne se reprochait nullement d'en être responsable. Il ne voulait pas se *prendre la tête*.

*

Alejandro avait depuis peu vingt-quatre ans. Il les avait célébrés dans un bar *latino* dans une ambiance festive forcée, calibrée pour les Français en quête de *sons ensoleillés* et de *rythmes endiablés*. La fibre latino-américaine s'est très mal implantée à Grenoble, où l'évocation du continent suffit néanmoins à mettre en émoi et à disposition plusieurs spécimens féminins, de la bimbo amatrice de reggaeton vulgaire à la chargée de mission de mairie de banlieue abreuvée de poèmes de Neruda et de rétrospectives Buñuel.

Il se sentait vieux et fatigué. Il avait intégré en septembre dernier un M2 de Lettres modernes. Il était en France depuis déjà plus d'un an ; le lendemain de son arrivée il avait *surfé* sur le site de Pôle emploi, envoyé CV + LM, *monté* des dossiers à la Caf, *fait la queue* à la Smerra, découvert la ronde des UFR, UE et ECTS capitalisables. Il avait rapidement décroché un CDI de dix heures hebdomadaires en tant qu'*agent de propreté des locaux* d'une résidence universitaire privée. Il se levait tous les matins à 6 heures pour travailler jusqu'à 8 heures et demie, avant de rejoindre à vélo son amphithéâtre ou les locaux en préfabriqué situés derrière le hall sud de l'université. Il gagnait quelques centaines d'euros par mois, agrémentés de l'APL, le tout lui permettait de régler son loyer de justesse ainsi que quelques dépenses courantes réduites au moins que nécessaire. Ses parents étaient ingénieur civil et professeur d'espagnol dans un lycée catholique bien réputé ; mais Alejandro avait grandi avec une certaine idée de la vie d'écrivain génial et précaire, qu'il ne voulait pas voir corrompue par des parents aimants ou une amante énamourée. Il avait des dizaines de camarades de beuverie qu'il ne recevait jamais chez lui, faute de place et de logistique. Son ordinateur ronronnait vingt-quatre heures sur vingt-quatre, toujours en train de télécharger un porno ou de crachouiller du Radiohead.

Il avait d'un point de vue financier une existence on ne peut plus bohème mais on ne peut plus ennuyeuse du point de vue de la littérature. Il avait validé ses examens de justesse et présenté un mémoire de M1 médiocre, mais de très bonne qualité si l'on considère que sa rédaction avait débuté moins de trois semaines avant l'oral de présentation. Il n'avait pas appris grand-chose en cours, hormis du vocabulaire complexe de sémantique, somme toute très proche de l'espagnol. Il avait écouté des heures durant Brel, Brassens, Booba, Gainsbourg et tous les groupes de la scène locale. Sortir des énormités du hip-hop ou des citations entières de Cioran lui avait permis de foutre sur son matelas trop mou quelques filles qu'il ne parvenait à distinguer qu'en fonction du degré de fermeté de leurs seins. Il n'écrivait plus.

En 2008, les unes des journaux titraient sur la Crise, au sujet de laquelle personne ne comprenait rien mais tout le monde avait un avis. Le trotskisme revenait à la mode, on fantasmait sur de futures séquestrations de patrons, on parlait des parachutes dorés, de Wall Street, de la *finance déréglée*, du *capitalisme sauvage* ; Sarkozy tentait tant bien que mal de fustiger un système qu'il avait glorifié au cours de sa campagne électorale à peine plus d'un an auparavant. Il s'agissait de *moraliser l'économie*, de lui redonner une place où elle serait *au service de l'Homme* et non l'inverse ; ce fut une très bonne année pour les publicitaires. Les terrasses des brasseries ne désemplissaient pas et les Français, ce peuple impatient et irascible, portaient des toasts à la Crise, dont ils ne voyaient encore aucun effet, quelques mois seulement après en avoir entendu parler au 20 heures. *Connerie de journalistes*, *fausse alerte* ou alors *début d'une ère nouvelle*, des quinquagénaires attablés, nés trop tard pour faire Mai-68 mais toujours envieux de leurs aînés, prédisaient une révolution, et celle-ci approchait à grands pas. Ils détachaient leurs tickets-resto et parlaient de leurs projets immobiliers pour la retraite tout en rêvant d'un avenir radieux débarrassé à tout jamais de la spéculation, des parasites à attachés-cases, un Éden peuplé de fonctionnaires consciencieux et impliqués dans la plus noble des causes : la pérennité de l'État-providence. Dans ce contexte poisseux et apocalyptique, au milieu des commérages et des estimations politiques au doigt mouillé, Alejandro commençait ses journées le ventre vide et les bourses pleines.

Le soir, il s'était rendu chez Gustavo, étudiant en arts du spectacle. Il était amoureux du théâtre argentin et des films de Woody Allen, travaillait comme placier-déchireur-de-tickets dans une maison de la Culture de l'agglomération et surveillant dans un lycée professionnel ; pour un immigré avec un cursus aussi peu recherché, il avait eu beaucoup de chance. Il préparait cette année son deuxième mémoire, le renouvellement des visas étudiant lui permettait de rester légalement en France, où il vivait chichement, comme un Français lambda n'aurait pas su se montrer capable, pas même le plus smicard des smicards. Il partageait avec Alejandro un mépris croissant pour la mère patrie, il ne serait rentré pour rien au monde en Colombie. Il pensait avec tendresse et douleur à sa mère et à ses grands-parents, à qui il rendait visite un été sur deux. La période de Noël approchait et c'était le moment le plus délicat pour les expatriés : il fallait fêter la famille avec des packs de Kro et des compagnons d'infortune, se relayer sur Skype pour capter une image floutée de ses proches, écouter des chansons de Carlos Gardel et Joe Arroyo en fixant les toits enneigés de la ville.

La soirée s'annonçait comme celles des semaines précédentes et à venir : six jeunes hommes d'environ vingt-cinq ans autour d'une table dans un studio, assis par terre ou sur un divan récupéré, un PC pour l'ambiance sonore, des effluves de shit, des rots au houblon de moins en moins bien retenus, des discussions sur les femmes ou sur la politique, des blagues salaces, des jeux de cartes, des mises au défi éthyliques, un réveil à 15 heures. Certains adoraient Uribe qui avait « sauvé la Colombie », Alejandro le détestait au plus profond de sa fibre citadine tendance libertaire. Les fins de semaine n'étaient pas beaucoup plus palpitantes que les autres jours, mais elles passaient vite et lui donnaient l'illusion d'être entouré. Pourtant, au fond de lui, il était glacé par la peur et la solitude. Parfois, sous l'influence de l'alcool il parvenait à écrire des textes d'une ou deux pages, souvent très bons. Il avait indéniablement du talent. Il supprimait le texte le lendemain ; il voulait écrire *Les Frères Karamazov*, remplacer García Márquez qu'il exécrait – avec son style insupportable et ses personnages aux noms à coucher dehors. Il n'arrivait pas à écrire sur autre chose que les femmes et l'alcool, il se sentait comme un Baudelaire du quart monde, petit, ridicule, obligé d'aspirer des moquettes de résidence et de frauder dans les transports publics. Le sens de sa présence en Europe lui échappait, il était devenu un branleur stricto sensu, la masturbation et la recherche du plaisir sexuel occupant l'essentiel de son temps libre.

*

Il avait repris sa semaine en se rendant sur son lieu de travail, comme à l'accoutumée. Aurélie était arrivée plus tôt, elle était d'un sérieux, d'une discipline ridicule et admirable. Elle était accroupie et présentait son cul en lordose pour nettoyer sous un lit. Alejandro observa la scène et se remémora le plaisir qu'il avait en elle : elle était généreuse et souple, ronde et tonique, sa voix grimpait dans les aigus d'une manière impressionnante lorsqu'il la pénétrait en ondulant son bassin. Elle arrivait toujours chez lui avec une part de tarte au chocolat ou de quiche au thon et petits pois emballée dans du papier d'aluminium. Elle était fille d'ouvrier et cela se voyait dans le moindre détail : le vernis à ongles de mauvaise qualité qui s'écaille après vingt minutes de travail, les culottes en coton grossier et petits motifs ridicules achetées par lots, les cheveux coupés aux épaules et très légèrement dégradés, la coupe des collégiennes qui vont pour la première fois dans un salon avec un chèque en blanc de leur mère, les vêtements aux coutures sautées, les jeans trop grands et mal coupés – qui ne mettaient pas assez en valeur son petit cul rebondi, minuscule.

Il s'agissait d'une jeune femme propre et bien élevée, qui avait grandi et vécu sans jamais quitter un quartier HLM de Fontaine, une ville de la très proche banlieue. Cela faisait déjà quelques semaines qu'elle passait chez lui, uniquement pour faire l'amour. Ils ne parlaient que très peu, par pudeur et joie de ne pas avoir à faire semblant de mener des discussions de courtoisie. Les relations entre individus étaient toujours *intéressées*. Pour combler un vide, passer le temps ou faire l'amour. Nul besoin de parler si les personnes partagent un même objectif. L'essentiel est obtenu, l'échange est sain. Elle était consciencieuse et appliquée, elle attendait toujours qu'il soit sur le point de jouir pour cesser de sucer sa verge. Elle se régalait dans ses fellations et était capable d'une chose assez rare pour la génération des femmes abreuvées de pornographie : lâcher prise et accepter le laisser-aller peu flatteur du corps pendant l'acte sexuel.

Elle ne rentrait pas son ventre, ne s'épilait que très peu le pubis, ne se retenait pas de crier et de grimacer lorsque le plaisir montait en elle. Elle était spontanée et naturelle, elle avait de l'humour bien qu'il ne parlât pas assez avec elle. Elle était venue à lui avec bienveillance et sans peur : avant lui elle n'avait eu qu'un piètre amant au lycée. Il l'avait dépucelée maladroitement mais elle n'avait pas saigné. Il lui avait parlé de sodomie dès la deuxième fois et elle avait refusé. Elle lui avait expliqué qu'elle avait mal avec lui, ce à quoi il avait répondu que c'était bon signe, que les femmes devaient avoir mal, qu'elles pensaient oui en disant non et qu'elles ne savaient pas distinguer la douleur de l'orgasme. Il lui avait demandé de s'épiler intégralement, ce qui la rebutait. Elle aimait passer sa main dans sa toison sèche, fournie et frisée. Elle aimait voir la bosse que celle-ci formait sous ses sous-vêtements. Elle n'avait jamais regardé sérieusement de pornographie, quelque chose la gênait, elle trouvait cela convenu et ennuyeux. Elle était restée par la suite inactive jusqu'à l'obtention de son baccalauréat économique et social, mention bien.

Elle avait rencontré Alejandro sur son lieu de travail et tout de suite été attirée par ce garçon maigre aux articulations en mousse, qui semblait rebondir sur le sol en marchant. Il avait un *bagage culturel*, un minimum d'*expérience de la vie*, elle venait de tomber du nid et avait une soif de connaissance qu'elle ne savait comment étancher ; il n'était pas français, ni européen, le simple fait de l'entendre parler était une *fenêtre sur le monde*. Il jouait sa carte exotique avec beaucoup de délicatesse et de malice ; ce n'était pas son physique qui lui permettait de se démarquer. Petit, son implantation de cheveux très basse réduisait son front à une bande de peau ocre entre une tignasse lisse et brillante de cheveux noirs aux reflets bleus et des sourcils épais mal dessinés. Ses yeux étaient ronds et surmontés de cils droits, comme tracés à la règle. Son nez busqué conférait un caractère indéniable au profil ; il était une accumulation de défauts charmants. Il avait des dents pointues et inégales mais parfaitement blanches, sa bouche était charnue et dorée.

Elle ne connaissait rien de la Colombie hormis Shakira et les Farc, Ingrid Betancourt avait été libérée quelques mois plus tôt. Sa mère avait déposé des bougies sur son balcon en signe de solidarité et le sort de l'otage l'avait toujours laissée indifférente : elle était *engagée* sur d'autres problématiques, qu'elle avait fini par ranger au placard, les épreuves du baccalauréat approchant. Il lui promit de lui en apprendre davantage mais ne le fit jamais : il était habitué aux touristes revenant d'Auschwitz, pro-Tibet libre, soutenant les indigènes du continent sud-américain et consommant des tablettes de chocolat équitable, il s'agissait du plus gros des troupes chez ses amis non colombiens ; une Française tout simplement curieuse, ça, il ne le voyait que très rarement. Il n'acceptait de parler de politique qu'avec ses compatriotes ; avec les autres, il fallait partir de trop loin. Il avait aussi un peu honte d'évoquer les scandales à répétition de la mère patrie envers laquelle il se sentait de moins en moins redevable ; il avait davantage le sentiment de s'être évadé d'une grande prison, mais les regards compatissants d'Occidentaux capables de laisser crever des sans-abri lui étaient tout autant intolérables.

Aurélie n'avait pas eu la volonté de se laisser courtiser ou désirer. La séduction exigeait du temps et une confiance en soi dont elle était dépourvue. Ils s'étaient reconnus en un coup d'œil et il n'avait pas perdu beaucoup de temps avant de l'inviter chez lui. Elle s'était confiée à lui dans un français impeccable et avec une voix légèrement tremblante ; elle n'avait que très peu d'amis au lycée, elle connaissait une effroyable solitude depuis qu'elle était arrivée à l'université, elle parlait comme une bonne élève qui perdait pied. Son *job étudiant* était gratifiant car on la reconnaissait le matin ; l'argent gagné lui permettait d'inviter sa mère chez un des nombreux restaurateurs vietnamiens de la rue Condorcet. Elle avait beaucoup lu pour tuer le temps dans l'enseignement secondaire, elle choisissait bien ses mots et articulait parfaitement. Si elle était née dans une autre CSP elle aurait poursuivi des études littéraires, mais elle avait choisi le droit pour rassurer ses vieux. Il y avait des débouchés, lui disaient-ils, tout fiers de montrer leur connaissance du *marché du travail*. Elle avait déjà un crédit sur le dos pour financer le permis de conduire. Elle s'ennuyait terriblement. Au code, en cours, dans les soirées étudiantes où elle se forçait à aller pour se *socialiser*, avec ses voisins d'amphi, en séances de travaux dirigés, au milieu de ses parents, dans les transports en commun, dans les centres commerciaux. Elle avait dix-huit ans.

2

La rentrée d'Aurélie avait eu lieu un jeudi. Le domaine universitaire de Grenoble, situé en légère périphérie, était un lieu d'études privilégié, vert et moderne – comme on l'entendait quarante ans auparavant. Elle avait préparé son sac et sa trousse avec méthode, compté les heures qui la séparaient de cette nouvelle étape de sa vie. Toujours prête à s'adapter aux moindres changements, elle avait troqué ses tenues de lycéenne vives et serrées contre quelques vêtements amples et des boucles d'oreilles en bois. Elle s'était maquillée sans fard et avec juste un peu de noir sur les yeux, abstenue de se coiffer pendant plusieurs jours afin de ressembler au mieux à une étudiante bohème.

Le public rassemblé devant la porte de l'amphi 1 de la galerie de l'université Pierre-Mendès-France

était un cliché honnête et sans retouches de la
« diversité » à la française, le concept que tout
le monde évoque sans l'avoir jamais éprouvé.
La petite majorité du régiment était composée
des enfants de bourgeois intégrés à la société
de consommation, jeunes femmes en combo
slim-ballerines et cheveux lissés, jouvenceaux
à la mèche plaquée et à la sacoche fixée aux
phalanges, smartphones blancs dernier cri,
chaussures lustrées, minois plus qu'acceptables,
aucune crainte en l'avenir, yeux brillants d'assurance, parfaitement à l'aise bien qu'un peu
circonspects dans ce nouveau cadre de travail
inspiré de l'architecture soviétique. Suivaient de
près les enfants de la droite vieillissante, qui à
dix-huit ans en paraissaient treize ou cinquante
– en fonction de la lumière. Drapés dans du
bleu marine et de l'écru, le regard craintif et le
dos voûté, ils semblaient attendre la messe ou
l'heure du goûter. Ils auraient bien pu suivre
un cursus juridique dans une étable ou dans
un kolkhoze pour peu qu'ils eussent été assu-
rés que la tradition familiale était préservée,
qu'ils tenaient leur rang. Quelques pantalons de
jogging aux couleurs fluo, tenus sur la hanche
grassouillette et vergeturée de beurettes, appor-
taient un peu de vie au milieu de cette foule
convenue. Les conversations étaient posées, la
spontanéité de l'adolescence laissait peu à peu

la place à la retenue et à la fausse pudeur mâtinée de méfiance de l'âge adulte.

Aurélie appartenait au camp des éléments neutres, les petits Blancs aux yeux baissés et aux bras croisés qui transpiraient de malaise, alors que le décor avait été conçu pour préparer leur arrivée massive sur les fameux bancs de l'université. Sans style vestimentaire particulier, avec des hauts en coton aux couleurs unies ou chargés d'inscriptions en anglais approximatif, sans physique remarquable, sans centres d'intérêt en commun, ils étaient chacun dans leur coin, le regard fixé sur l'écran de leur portable. La foule pénétra dans l'immense amphithéâtre et les catégories socioprofessionnelles se redessinèrent en fonction des rangs occupés ; les petits neutres se dispersèrent. La salle avait été repeinte après l'occupation des locaux pendant le mouvement d'opposition au CPE, deux ans plus tôt. Sur les tables restaient gravées des runes étranges, au message clairement antidroitard, antilibéral, pro-service public et pro-Ardèche libre. Toutes ces effusions d'hormones et de bonne volonté n'avaient pu empêcher la crise, ni les lycéens de devenir bacheliers, ni les rangs des étudiants de première année de licence de grossir d'un bout à l'autre du pays.

Un homme entra dans la salle et posa sa sacoche élimée sur le bureau en aggloméré de l'estrade. Il tapota le micro, mais le silence ne se fit pas. Il se gratta la gorge à plusieurs reprises et nettoya ses lunettes avec sa chemise au pli bien marqué dans le dos. Il portait un pantalon pied-de-poule et un ingénieux jeu de rabattage de mèches d'une teinte châtain délavé permettait de cacher son crâne rose décati. Il commença son discours dans le bruit et le poursuivit avec un fond sonore, celui des étudiants du dernier rang qui n'étaient présents que par le magnétisme irrésistible de la bourse sur critères sociaux.

« Ça ne s'improvise pas un cursus en droit. Il faut de la méthode et de la rigueur. Une discipline de fer et de la volonté. Vous allez comprendre le monde et appréhender autrement l'information tronquée des grands médias. Vous aurez besoin d'une sélection d'ouvrages qui vont vous permettre de maîtriser les concepts clefs. Il vous faudra acquérir mon dernier livre publié aux Presses universitaires de Grenoble. »

Aurélie, consciencieuse, prenait des notes, tout en ne parvenant pas à maintenir son attention. La voix de l'homme était grave, secouée de déglutitions sonores et de bruits de bouche incongrus. Il semblait répéter le même discours depuis des décennies ; il faisait des blagues sur le Général et Mitterrand, parlait de la Ve République comme d'une révolution récente et aux premiers rangs, les futurs diplômés en droit notarial retranscrivaient chaque mot, en maintenant leur coude en angle droit en prévention des éventuels copieurs.

Après deux heures de ce premier cours « magistral », Aurélie s'était sentie comme une vierge récemment déflorée, incapable de réaliser qu'une chose longtemps fantasmée puisse être aussi insipide, inutile et interminable. La douleur de la frustration gagnait son bas-ventre et elle rejoignit le coin des machines à café, comme la moitié de sa promotion. En attrapant au vol quelques mots, elle ne put se résoudre à *aller vers les autres*. Les étudiants évoquaient leurs épreuves du baccalauréat de juin dernier, leurs vacances, l'accoutrement ringard *qui fait pitié* de l'universitaire ; personne ne semblait outré par la médiocrité de leur premier cours. Il y avait bien trop de monde, bien trop de gens identiques pour en choisir un auquel adresser la parole. Ce jeune acnéique à baskets à gauche qui semble si *sympa* ? Cet autre jeune au visage glabre à droite qui dit s'être éclaté terriblement à Barcelone pour fêter son bac ?

Les jours suivants, elle avait dû choisir des *options obligatoires* et faire la queue plusieurs heures afin de remettre le formulaire à l'administration. Une feuille A5 avec une grande grille lui présentait la formidable diversité des cours auxquels elle pouvait s'inscrire : littérature portugaise, langue des signes française, analyse de l'image, philosophie antique, badminton, cours intensif de japonais, informatique, communication et médias, civilisation espagnole, phonologie, histoire de l'art contemporain, photographie, études critiques de la bande dessinée. L'inscription aux UE optionnelles s'effectuait dans un Algeco, trois secrétaires avec lunettes-cordons tamponnaient les fiches en poussant de longs soupirs de fatigue.

*

Le premier mois de cours s'était écoulé comme un long et douloureux épanchement de synovie. Aurélie quittait Fontaine le matin pour traverser tout Grenoble en tramway, correspondance possible avec la ligne B de Saint-Bruno à Hubert-Dubedout. Les temps de transport étaient interminables, elle voyageait seule, elle s'asseyait en amphithéâtre et restait seule. Des affinités s'étaient déjà révélées et des groupes s'étaient formés, mais elle était imperméable, inapte à toute forme de socialisation. Elle voyageait par l'esprit, tentait de rêver son avenir professionnel, puis elle revenait soudainement à la réalité en un frisson et un terrible sentiment de solitude, tout son être prenait l'eau. Étaient-ce le manque de dynamisme du corps enseignant, les rappels à l'ordre discrets et répétés des premiers rangs aux derniers comme dans une grande classe de primaire, les services administratifs toujours fermés, la galerie froide et bétonnée des amphis, les structures d'art moderne torturées sur le campus ou l'insupportable décalage entre son idée de la vie intellectuelle et la médiocre réalité ? Elle s'était au cours de son adolescence si souvent imaginée avec un classeur sous son bras, passant l'après-midi et les fins de semaine à étudier, validant avec brio des cursus réservés aux élites, grimpant avec aisance et humilité sur l'échelle sociale jusqu'au sommet, devenant la fierté de sa famille. Las, sa vie était d'un ennui terrible.

Elle avait tenu bon toute son adolescence, une période libidineuse et crétine dans un lycée hanté de professeurs dépressifs et décourageants qui lui parlaient du déroulement des sessions de rattrapage du bac avant même que les épreuves aient débuté, avec la perspective de vivre des *années fac* inoubliables, riches de voyages et de rencontres. C'est ainsi qu'on lui avait parlé du 18-25 ans, l'âge d'or de l'Occidental moyen. À la majorité, qu'elle avait tant attendue, elle disposait du droit de vote et d'une carte bancaire, mais sa vie était toujours celle d'un enfant. Elle rentrait chez elle avec un sac à dos qui contenait des notes de moins en moins bien prises, des devoirs à faire à la maison qui l'assommaient d'ennui. Tout reposait davantage sur la forme que sur le fond, la technique avait envahi les espaces initialement dédiés à l'érudition. Le droit, rattaché vaguement à son origine gréco-latine et à son enjeu sociétal par des cours de quelques heures à faible coefficient, ressemblait à un énorme mode d'emploi à assimiler et à appliquer. Dans le second cycle, les meilleurs éléments venaient de l'enseignement sous contrat catholique dans lequel on leur avait fait lire Maupassant et Zola. Leurs avis politiques étaient très peu tranchés, le discours et les personnes interchangeables.

Aurélie avait toujours été scolarisée dans l'enseignement public des quartiers de la France d'en bas. Elle avait appris par cœur *Lily* de Pierre Perret, lu Daniel Pennac, *Le Gone du Châaba*, *Le Journal* d'Anne Frank, chanté en arabe et en wolof contre le racisme, couru contre le cancer, distribué des capotes en terminale aux élèves plus jeunes, parlé des risques liés à la sodomie, la fellation et la consommation de drogues en intraveineuse pour lutter contre le sida. Elle était une spécialiste du tri des déchets, connaissait la durée des mandats des élus politiques de la municipalité, du département, de la région et l'âge minimal requis pour se présenter aux élections. Elle retrouvait les mêmes profils médiocres qu'au lycée : l'écrémage des cancres irrattrapables, même par l'Éducation nationale, s'était effectué en fin de troisième. L'État promouvait l'artisanat, la première entreprise de France, mais ses professeurs utilisaient l'enseignement professionnel comme une déchèterie académique pour les *mauvais éléments*. On voyait alors fleurir depuis quelques années des écoles privées pour obtenir un CAP dans de bonnes conditions afin de fuir ces derniers.

Ses camarades n'étaient ni bons ni mauvais, avec des capacités intellectuelles moyennes qui leur permettaient de valider leurs examens avec une note comprise entre dix et onze, quiconque d'un peu plus curieux qu'eux était un bouc émissaire affublé du sobriquet « intello ». Ils avaient obtenu leur baccalauréat sans grande difficulté ni grande facilité, il n'y avait pas de talent ni de créativité dans la masse des étudiants de première année. L'art n'était valorisé que lorsqu'il générait des profits. Un chanteur de karaoké était moqué, jusqu'à ce qu'il gagne un télé-crochet. Si la Callas avait chanté dans la rue, elle aurait dû pointer à Pôle emploi spectacles et animer une chorale quinze heures par semaine dans une ville de banlieue grâce à un contrat d'insertion.

Ils s'appelaient Jérémie, Yoann, Julie, Audrey, Aurélie, Benjamin, Émilie, Élodie, Thomas, Kévin, Charlotte, Jérémy ou Yohann. Ils avaient tous le même style vestimentaire ou les mêmes excentricités tolérées : dreads, piercings, sarouels, foulard coloré dans les cheveux, béret de chanteur de rue ayant connu le succès dans les années quatre-vingt-dix. Personne ne lui parlerait de musique ou de cinéma autrement qu'au travers d'un prisme politico-social grotesque ou en recommandant les dernières nouveautés en VF. Ces gens n'étaient pas détestables mais nullement intéressants, leurs sujets favoris de conversation étaient la cuite passée et la biture du futur, parfois une allégorie *engagée* peu subtile sur Hitler et Sarkozy.

Le système scolaire puis universitaire encourageait l'ascension des éléments moyennement compétents au détriment des ultracompétents ou des parfaits incapables. Ces derniers parce qu'ils ne pouvaient pas faire l'affaire, les premiers parce qu'ils risquaient de remettre en cause le système et ses conventions. Le médiocre devait disposer d'une connaissance utile et pratique, qui ne permet pas d'analyser ses fondements idéologiques. Il devenait un technicien d'administration ou d'entreprise après des études supérieures allant du BTS au master. Il maniait l'art du PowerPoint et le jargon du management, s'appuyait beaucoup sur les échelons inférieurs de la hiérarchie pour assurer les aspects concrets du travail auxquels il n'avait pas été formé. Le sujet de l'inutilité de l'enseignement dispensé à l'université était un tabou. On ne courait que très peu le risque d'être lynché, toujours celui d'être incompris.

Ses voisins de banc changeaient tous les jours et ne l'auraient jamais reconnue. Il devait manquer quelque chose à son champ magnétique pour qu'on la remarque ou l'invite spontanément à une grande soirée de promo ; il y en avait une tous les jeudis. Les flyers de présentation indiquaient que le coût était de dix euros avec une conso, à la discothèque Le Phoenix. Il y avait toujours en photo une bimbo siliconée et à cheveux raides tombant en dessous des seins. La chevelure longue et apprivoisée selon les codes capillaires du film érotique discount ne recouvrait toutefois que le tiers du décolleté plongeant de la tenue d'infirmière ou de mère Noël – en fonction du thème de la soirée. Le mannequin portait une jupe courte qui laissait apparaître des cuisses fines et orange, un petit brillant photoshopé au niveau du nombril, les yeux étaient exagérément maquillés en noir, la bouche était nacrée et l'index manucuré était pincé par des dents éclatantes.

*

Elle avait tenté quelquefois de se rendre seule à ce genre de soirée dans l'optique de *rencontrer des gens* et *se faire des amis*. Elle s'était sentie ridicule dans ses bottines à petits talons style santiags en Skaï, sa jupe en jean ringarde taille basse et arrivant en dessous du genou, ses collants noirs opaques, son haut en coton moulant qui mettait plus en valeur son ventre que sa poitrine, le décolleté de forme peu avantageuse, ses cheveux lissés par sa mère, sa mère qui l'avait maquillée avec émotion comme si par magie sa fille se rendait soudain au bal de promo – comme dans les séries qu'elle regardait après sa journée à la mairie.

Elle se rendait en bus dans des boîtes de nuit au vacarme assourdissant. La techno était acide et mal rythmée, les paroles tenaient en une phrase, le mot « sex » était redondant, la lumière était bleue, hachée par des faisceaux verts qui donnaient de l'allure aux corps et rendaient quiconque désirable. Les jeunes hommes étaient assis à leur table, bien en peine de danser, contraints de picoler en silence, le bruit empêchant de discuter avec leurs compagnons d'infortune. Les filles se trémoussaient en repoussant les mâles trop entreprenants, la fête avait des allures animales grotesques, comme une gigantesque parade nuptiale mal orchestrée.

Elle attendait six heures du matin pour quitter les lieux, sans avoir adressé la parole à personne, gênée par son accoutrement, en constatant que les filles les plus laides mais les moins recouvertes avaient autant de succès que les plus jolies, que les hommes avaient des airs de rapaces, qu'elle ne supportait pas qu'on la regarde, qu'elle se vexait malgré tout que ça n'arrive pas souvent. Elle rentrait avec le premier bus de la matinée en serrant les jambes et tenant bien refermée son épaisse doudoune en croisant ses bras. Elle dormait ensuite toute la journée. Les fins de semaine étaient épuisantes et inutiles.

Elle était sûrement trop prolo, cela se voyait de loin, pour être invitée dans un appartement aux plafonds à moulures et parquet Versailles, chez des fils de dentistes ou conseillers généraux de partis politiques de la majorité. Trop timorée et réfléchie pour la culture fun, elle ne se sentait à sa place nulle part. Jamais vraiment à l'aise avec quiconque, désireuse pourtant de jouer le jeu auquel on attendait qu'elle participe dans l'allégresse, elle avait le sentiment d'avoir loupé un élément de l'explication, sentait que des choses se faisaient sans elle, sans qu'elle en ressente la moindre tristesse, davantage de l'incompréhension mâtinée de frustration.

Une fois, en sortant de la discothèque, un groupe lui avait proposé de la raccompagner. Le chauffeur était relativement sobre, sa conduite restait souple et un minimum maîtrisée. Elle avait été casée entre deux filles à l'arrière qui portaient une minijupe noire et des bas résille, des escarpins à talons hauts en faux cuir verni, elles ressemblaient à des chanteuses de pop d'Europe de l'Est et étaient fort appétentes. Leurs cheveux sentaient un peu le vomi, elles ronflaient bruyamment, des bulles de salive éclataient sur leurs lèvres, le maquillage avait coulé, le noir du mascara laissait des traces sur la moitié du visage.

— C'est la première fois que tu viens ? hurlait le chauffeur comme s'il eût toujours été sur la piste de danse.
— Non je suis déjà venue mais...
— C'est sympa hein ?
— Oui mais je n'aime pas trop la musique.

— Ouais c'est clair c'est méga commercial mais c'est sympa !

Il alluma alors la radio. Il connaissait par cœur les paroles de tous les morceaux. Il bougeait la tête sur David Guetta, au même rythme que le chien dénuqué en plastique posé sur la boîte à gants. Il lui redemanda trois fois où elle souhaitait être déposée et ne la laissait jamais finir ses phrases. Elle jeta un coup d'œil aux filles qui dormaient paisiblement, comme des enfants qui auraient veillé trop tard. Elles seraient ramenées chez le conducteur, en se réveillant elles ne se rappelleraient de rien, elles auraient passé une *bonne soirée* ; elles se seraient éclatées. Quelque chose en Aurélie, entre la pudeur et le dégoût, l'empêchait de devenir ce genre de fille à la vie facile et fluide. Elle n'avait grandi dans aucun carcan religieux, sa mère ne lui mettait pas la main devant les yeux lors des scènes d'amour des films qu'elles regardaient ensemble, elle aurait pu parler de sexe librement avec ses parents ; ils étaient *ouverts d'esprit*. Il y avait un blocage, une envie de ne pas s'exhiber, un désir profond de ne pas tout donner à des inconnus, ni son amitié ni son cul trop facilement. Elle n'était pas *coincée*, elle trouvait que soudain, tout était devenu très compliqué. C'était une constante chez les gens, ils n'écoutaient rien.

Leurs réponses étaient identiques d'un individu à un autre entre « ouais j'vois » et « han c'est génial ! » L'obsession était à la fête, sans raison particulière, sans euphorie perceptible, il fallait être entouré et avoir des amis, boire, rire et le faire savoir. La vie estudiantine était une surenchère d'épanouissement social.

3

Le cours d'histoire des institutions ressemblait à un cours amélioré d'éducation civique ; les livres lui tombaient des mains, elle ne parvenait plus à prendre de notes en amphi, ceux-ci s'étaient déjà vidés d'un quart. Les redoublants prévoyaient deux fois plus de place passé les examens du premier semestre. Eux-mêmes redoublaient en étant motivés les premières semaines, ils voulaient un *bon diplôme*, garant d'un avenir en pavillon ou loft, un emploi de bureau, des chemises blanches immaculées. Il allait falloir sacrifier de nombreuses heures de jeunesse dans des pinailleries et des emplois à mi-temps avant de pouvoir espérer atteindre ce rêve français. S'exercer à la lecture des codes, résoudre des cas, des litiges, assimiler des notions de droit des successions, apprendre à respecter des normes de rédaction, moduler sa pensée, juger le bien en fonction de la loi, entendre des termes en latin abscons, supporter des références culturelles qui lui échapperaient ; finalement, elle ne savait pas grand-chose. Ces années immobilisées par la formation supérieure sans fin exigeaient des ressources financières conséquentes dont Aurélie ne disposait pas, la bourse ne lui permettait pas de s'émanciper de ses parents.

Ces derniers, d'abord investis dans les prémices du plan de carrière de leur fille, la plus appliquée des trois enfants, avaient fini par ne plus lui poser de questions et la laisser *faire sa vie*. Ils avaient voulu la *pousser jusqu'au bac* et ne comprenaient rien aux crédits dont elle leur parlait, ni à ces histoires de L1 qu'ils confondaient avec la LV1 ; ils avaient rempli honnêtement leur devoir jusqu'alors, le sort académique de leur fille ne les préoccupait plus.

Elle peinait à leur mentir et à leur faire croire en sa plus profonde motivation. Elle n'avait plus d'envies, plus de perspectives ni de plaisir en rien. Elle s'ennuyait en définitive bien plus que dans le secondaire, sa place était peu enviable. Coincée chez ses vieux aimants mais maladroits jusqu'à la fin de ses études, elle percutait péniblement la réalité du système universitaire national : aucun métier envisagé en dessous de cinq années d'université, pas de classe préparatoire aux grandes écoles, pas de ressources financières pour une bonne école privée. Si dans les faits tout bachelier pouvait accéder aux études supérieures, une portion très restreinte de cette population pouvait réellement suivre des études dignes de ce nom. Pour l'immense partie des jeunes Français, l'université était un choix par défaut, un univers où ils étaient parqués afin de ne pas faire exploser les chiffres du chômage. En réalité, *l'égalité des chances* revenait à dire que le lièvre et la tortue disposaient des mêmes chances sur la ligne de départ.

Elle resterait donc à Fontaine jusqu'à ses vingt-trois ans, ce qui lui semblait alors être un âge vénérable auquel on se doit d'avoir parcouru au moins une fois un continent à pied, vécu en couple, choisi les prénoms de ses enfants et cessé de vivre comme un éternel adolescent. À vingt-trois ans elle voulait avoir vu Prague, commencé à écrire dans la presse quotidienne régionale, être stagiaire dans un cabinet de conseil en développement durable ou sur une chaîne d'info en continu. En définitive, elle voulait une vie d'adulte mais semblait coincée dans des sables mouvants administratifs desquels personne ne semblait vouloir l'extraire. Le temps s'était arrêté dans ce qu'on lui avait toujours présenté comme *les plus belles années*. Elle n'appartenait pas à une future élite, ni à la prochaine génération de politiciens. Elle n'appartenait ni à l'avenir ni au présent.

L'organisation de ces cinq ans de transition entre le lycée et le *monde du travail* demandait beaucoup d'ingénuité et de talent à des chargés de cours et des maîtres de conférences dépassés par leur tâche. Jusqu'alors Aurélie n'avait réellement rien appris ou touché du doigt. Elle avait dans son emploi du temps deux heures hebdomadaires qui devaient être consacrées à un cours de « culture générale », une sorte d'atelier pédagogique animé par un sosie de Fabrice Luchini sous Lexomil. Elle souffrait dans son orgueil, réalisant péniblement que son bac avec mention avait été décroché sans grands efforts, et qu'à ce niveau d'études auquel n'aurait rêvé aspirer aucun de ses grands-parents elle ne connaissait toujours pas vingt ans d'histoire de l'Empire romain ni une fable de La Fontaine ; tandis que sa grand-mère, femme au foyer puis femme de ménage et cantinière, connaissait sur le bout des doigts la généalogie des Capétiens. Elle avait été un bon élément de collège de Zup, une première de la classe dans un lycée qui ne figurait dans aucun classement de *L'Express*. Elle n'avait rien pour se démarquer. Ni physique, ni talent, ni particularité.

Pour la remercier de faire vivre malgré elle des agents administratifs et des docteurs en droit, Aurélie percevait trois cents euros de bourse mensuels. Cet argent était dilapidé dans des retraits intempestifs de vingt euros, qui lui permettaient d'acheter de la viennoiserie décongelée et des sandwiches au Camion, le restaurateur rapide situé près de l'arrêt de tram Bibliothèques-Universitaires. Aurélie peinait à rentrer dans la spirale. Elle n'avait encore aucun vrai contact ni aucune réelle connaissance avec laquelle échanger des platitudes ou des *bons plans*. La socialisation était chose aisée, voire imposée, dans l'enseignement secondaire. Elle avait beau tâcher de se mettre toujours à la même place, jamais personne ne se posait deux fois à ses côtés sur le banc. Son entrée dans le monde universitaire était marquée par un sentiment absolu de solitude et un ennui implacable, qui lui glaçait les os dès le matin. Elle grossissait à vue d'œil.

*

L'automne avait laissé place à l'hiver et les platanes de Grenoble adoptaient l'odieuse teinte de la mort, ce marron-vert qui plonge la ville dans la torpeur et l'épuisement. L'air était humide et froid, les gens accéléraient le pas, on achetait des vitamines en comprimés.

La période des fêtes approchait et les vitrines se déguisaient de loupiotes faiblardes ou de guirlandes multicolores. Les allées centrales des grandes surfaces accueillaient en leur sein des montagnes de poupées et de jeux en plastique ; les enfants, épuisés et abattus, attendaient que le père Noël quitte la Finlande avec sa hotte remplie de jouets aperçus dans l'allée centrale de Carrefour.

Aurélie passait ses après-midi à boire du vin chaud et manger des barres chocolatées. Elle n'avait nullement l'intention de vivre *ses plus belles années* entre son père et sa mère, s'infliger leurs disputes hebdomadaires sur la juste quantité de liquide vaisselle à verser sur l'éponge, l'eau à couper pendant l'étape du savonnage du gland, la télécommande à toujours ranger au même endroit. Elle était en contact quotidien avec de futurs avocats et juristes, il y avait un profil, un génotype propre à ces postes.

Ses parents étaient dans l'incapacité financière de lui permettre de s'épanouir loin de leurs discussions autour de l'assurance auto, le loyer qui augmente et les séances shopping chez le *hard discounter* du coin. Elle mangeait toujours ses flageolets en boîte devant le JT de TF1 le dimanche. Elle parvenait tout juste à trouver l'énergie d'aller aux interminables séances de code dans une salle aux murs tapissés de moquettes kaki ou marron. Le directeur de l'établissement Mollard était un type balourd et caricatural, un de ceux qui conduisent bien car le permis est le seul diplôme ouvert aux majeurs qu'ils sont capables de décrocher. Après des mois d'entraînement, elle avait fini par valider l'examen du code du premier coup. Elle avait épuisé ses vingt heures de conduite et l'essentiel de sa bourse était dilapidé dans des séances de conduite tarifées à un prix mafieux. Elle n'avait pas plus envie d'être diplômée en droit que de conduire. La moindre démarche entamée lui donnait la nausée. Au bout du chemin, il n'y avait que des prélèvements obligatoires, de la paperasse, de la moraline citoyenne sur les limitations de vitesse ou les délais à respecter pour envoyer son formulaire Cerfa.

En passant devant les vitrines des voyagistes elle pouvait sentir son cœur se serrer. Elle avait grandi avec Tintin et les Alexandre Dumas, on lui demandait de devenir femme avec Morano. L'aventure et l'imprévu laissaient la place à l'extrême planification, à l'angoisse du lendemain, les *road trips* avaient disparu au profit des stages de prévention, des spots télévisés de sécurité routière peuplés d'enfants aux destins et à la nuque brisés, il ne fallait plus faire l'amour sans connaître les antécédents du *partenaire sexuel*, le moindre aspect de l'existence semblait réglementé par un contrat et régi par un renoncement profond. L'obsession était à la sécurité, le découragement et la lassitude emplissaient les poumons que l'État voulait protéger des méfaits du tabac.

4

Il fallait prendre la ligne de tram A du réseau Semitag pour arriver dans un quartier gris, avec des immeubles aux noms de fleurs et aux façades défraîchies. On y recensait presque autant de paraboles et de tapis séchant sur les balcons que d'habitants. Les odeurs de la cuisine des voisins embaumaient l'air de relents d'ail, oignon, tomate et poisson frit. Le parfum huileux des kebabs accompagnait des airs de Raï'n'B, des discussions passionnées mâtinées de verlan et de vieux jurons arabes, les chiens étaient nombreux. Quelques hommes portant la barbe longue, une djellaba et des Nike Air serraient la main de jouvenceaux à casquette et pantalon de survêtement remonté sur les chevilles. On se touchait ensuite le cœur et on passait le bonjour à toute la famille. C'est dans ce *quartier de banlieue*, potentiellement *sensible*, qu'Aurélie était arrivée trois jours après sa naissance à l'hôpital public, le 27 août 1990. Elle était née trois ans après Benjamin et trois ans avant Florian. Les grossesses avaient été planifiées avec soin, afin que le nouveau-né arrive lors de la première année de maternelle de son prédécesseur. L'appartement familial était un F4 un peu vieillot, avec du papier peint à fleurs dans la salle de bains et du carrelage orange dans la cuisine, trop petite. Pour gagner de la place, on rangeait les courses dans le four et la loggia avait été aménagée pour remplacer la cave, qui était fracturée deux fois par an. Il ne fallait pas rentrer trop tard le soir et les garçons ne sortaient toujours qu'à deux. Hormis ces détails, le quartier était calme, les gens souriants et les parents d'Aurélie n'avaient jamais eu de problèmes avec leur véhicule, pas même lors des soirées électorales et des matches de foot décisifs. On était bien dans la France d'en bas, dans la banlieue grise, mais celle qui ne s'en sort pas trop mal.

Christine Lejeune, née Mancini en 1959, était employée communale de la ville de Fontaine. Après des années de remplacements au sein du service de restauration scolaire, elle avait fini par être titularisée comme agent d'entretien en 1996. C'était une femme à cheveux courts et blancs, masqués par des mauvaises colorations achetées dans des magasins de déstockage qui donnaient à ses cheveux des tons acides et criards. Elle était la troisième d'une fratrie de sept enfants, élevés dans un appartement de six pièces par un père à l'accent calabrais et une mère bourguignonne aux seins lourds et à la taille fine. Son père était ouvrier. Son frère aîné était devenu ouvrier, ses deux sœurs avaient obtenu un petit diplôme dans le secrétariat, deux autres de ses frères étaient routier et entraîneur sportif dans un club communal de rugby dans le Mâconnais, le petit dernier était mort d'une leucémie à trente-huit ans, ouvrier depuis l'âge de dix-sept ans. Les membres de la famille ne se réunissaient que très rarement. Pour Christine, il y avait quelque chose de rétrograde et de profondément mortifère dans le culte des grandes familles ; son troisième enfant avait été conçu pour optimiser les *prestations familiales* et surtout pour *tenir compagnie* aux deux grands. Bien que se déclarant elle-même féministe, elle préférait laisser l'IVG à des adolescentes ou à des femmes confrontées à une grossesse à risque ; elle avait opté pour une ligature des trompes deux ans après la naissance de Florian. Toutes les fêtes de fin d'année étaient célébrées à cinq, avec parfois Sylvie, une de ses sœurs qui ne s'était jamais mariée ni n'avait procréé.

Elle avait rencontré Patrick Lejeune à l'âge de vingt-quatre ans, dans un club de vacances dans l'Hérault. Il était ouvrier à l'usine de chlore de Jarrie. Il était grand, brun, précocement dégarni mais avait un sourire impeccable, hormis un petit chevauchement des incisives centrales inférieures. Il était effacé, poli et gentil, il ferait un bon mari et un brave père de famille. Ils s'étaient fréquentés très rapidement, et Christine l'avait rejoint à Fontaine sans hésitation ; il y avait quelque chose d'évident à tout quitter pour une *relation* puisque le *projet professionnel* n'avait jamais été un paramètre à prendre en compte pour elle. Ils avaient économisé pendant un an avant de se marier, une cérémonie dans une église au bord d'une départementale avait été organisée après la procédure en hôtel de ville bétonné avec vue sur la ligne de tramway. Le repas et la fête avaient été très corrects pour un budget aussi peu conséquent, ils vivaient les dernières heures de la décence du mode de vie prolétaire. Ils avaient profité de leur vie de jeunes mariés en achetant une voiture d'occasion et en partant trois fois en vacances dont une fois dans le sud de l'Italie. Leur fils aîné Benjamin était né en 1987 et il avait été baptisé, parce qu'il en avait toujours été ainsi. Deux enfants l'avaient suivi et les années avaient passé sans grands bouleversements ni drames, hormis la perte du petit frère de Christine, de son père et de ses beaux-parents.

Patrick Lejeune était né en 1957 à La Tronche, de parents isérois originaires de petits villages qui étaient devenus au fil du temps une vaste zone pavillonnaire. La paysannerie avait disparu au fil des ans, les parents de Patrick étant eux-mêmes des cultivateurs et éleveurs de lapins venus à Grenoble pour travailler et accéder aux réjouissances du monde moderne. Ils avaient perdu deux enfants en bas âge et élevé un garçon et deux filles. Patrick n'avait plus aucun contact avec ses sœurs. Il était entré à l'usine de Jarrie à dix-huit ans après une formation de cuisinier. Il avait eu son premier enfant l'année de ses trente ans, ce qui était un âge raisonnable auquel il aurait été inconvenant à l'époque d'associer des loisirs ou des lubies de post-adolescent. Il avait toujours pointé dans les temps, posé ses congés annuels aux dates spécifiées sur le document affiché dans la salle de pause, réservé son emplacement de camping dans le Var assez longtemps à l'avance, cherché ses enfants à la sortie du cours de judo, de natation, d'escrime, de batterie et de foot. Il avait peu d'humour et aucune ambition, ce qui était associé alors à une humilité de bon aloi.

Avec un tel karma, Aurélie Lejeune n'aurait pu s'imaginer une autre vie que celle d'honnête mère de famille au Smic. Cela était compter sans le mythe républicain de l'égalité des chances ; au fil des ans dans l'enseignement public, elle avait acquis l'intime conviction qu'un avenir professionnel brillant l'attendait sous condition d'un apprentissage parfait et régulier de ses leçons. Journaliste, universitaire ou ambassadrice de France étaient des emplois accessibles avec un diplôme, l'obtention de ce diplôme étant elle-même soumise à un travail sans relâche et ne tenant nullement compte de l'origine sociale de l'étudiant. En parallèle aux épreuves du baccalauréat, elle s'était présentée au concours commun d'admission aux trois instituts d'études politiques d'Aix-en-Provence, Lyon et Grenoble. Son classement lui laissait le choix de s'inscrire en première année à Lyon ou Aix. Sa bourse lui aurait permis de régler le loyer de la chambre Crous, mais ses parents ne pouvaient couvrir ses autres frais. Son plus jeune frère avait été scolarisé dans le privé sous contrat après avoir été victime de racket au collège Jules-Vallès. De plus, la crise menaçait l'emploi de son père et l'usine prévoyait une délocalisation très prochaine en Chine.

*

Le succès d'Aurélie au concours Sciences Po s'était soldé par une indicible frustration. Elle n'avait atteint la majorité légale qu'à la fin de l'été et n'avait donc pas travaillé. Ces deux mois avaient été de loin les plus longs de son existence, accompagnés de bouffées d'angoisse et de maux de ventre intolérables. Elle sentait bien, au plus profond d'elle-même, qu'une grande part de ses rêves d'adolescente n'avait déjà plus aucun sens. Elle doutait de tout, à commencer par le destin émancipateur auquel elle s'était raccrochée pendant des années, prenant en horreur le mode de vie de ses parents, comme inscrit dans leurs gènes. Son frère aîné avait obtenu son bac lui aussi, au rattrapage et en ne travaillant jamais ses cours. En théorie, ils avaient le même niveau de qualification.

Il s'était inscrit en première année de fac d'espagnol pour financer avec la bourse ses beuveries, il avait quitté l'université au terme d'une année miteuse et éthylique pour travailler à temps plein comme conseiller de vente dans un magasin de sport de l'agglomération. Il vivait en colocation avec un de ses meilleurs amis et ne donnait des nouvelles à ses parents qu'un dimanche par mois en fin d'après-midi, lorsqu'il avait fini de récupérer de son samedi soir. Il était hyper présent sur les réseaux sociaux et toutes les fins de semaine s'accompagnaient d'une série de photos sur lesquelles il apparaissait affublé de grosses lunettes en plastique, perruque afro ou maquillé, avec une fille sous chaque aisselle et une pinte de mauvais alcool dans la main droite, une cigarette ou un tarpé dans l'autre. Il était l'incarnation même du conformisme.

Aurélie avait tenté de miser sur les étudiants dits « internationaux » pour échapper à l'ennui. Elle avait parrainé une Chinoise avec laquelle elle avait bu un café en centre-ville, remis de la documentation destinée aux nouveaux arrivants et échangé des platitudes en espéranto bricolé, regardé des matches de foot dans des résidences universitaires, participé à des jumelages linguistiques. Son effort d'*approche de l'autre* s'était toujours soldé par une récolte de clichés bien frais et entretenus par les principaux intéressés : en Chine les villes sont très grandes, les Brésiliens adorent faire la fête, les Espagnols vivent la nuit, les Allemands sont plus écolos que les Français. Toute tentative de conversation plus poussée se soldait par un échec. L'étudiant lambda européen en Erasmus ne connaissait pas grand-chose de plus à la vie de son pays qu'un Français ; seule comptait la quantité d'alcool absorbée en une soirée.

Elle se rendait à toutes les projections de films à prix libre, tous les concerts gratuits du campus ; elle rentrait avec le dernier tram à Fontaine, seule. Elle observait alors les *groupes d'amis* qui gesticulaient en renversant leur canette de bière, se prenaient en photo en tirant la langue, se donnaient des surnoms ridicules et des claques sur les fesses. Ça parlait toujours beaucoup de sexe, il y avait des rires gras, des blagues lourdes et une bonne humeur un peu feinte, une démonstration d'allégresse qui la mettait mal à l'aise.

Elle avait rencontré Claudio lors d'un cycle Fellini, un trentenaire italien squelettique à lunettes rondes et aux jambes arquées, doctorant en lettres. Elle avait prétendu être venue ici car sa mère était italienne. Il lui avait demandé de quelle région elle était originaire, elle avait répondu « Calabre » dans un français caverneux. Il avait souri, probablement habitué aux Français qui prétendent maîtriser l'italien en ajoutant des « a » à la fin des mots ou en comprenant tout sans pouvoir formuler une réponse basique.

Il avait des lèvres fines, des incisives trop longues et un duvet brun sur les mâchoires. Il détestait Berlusconi et adorait Moretti. Il connaissait par cœur des chansons de Luigi Tenco, qu'il récitait en sautant sur les trottoirs en répétant que la vie était belle et qu'il fallait être fou. Il déclamait des vers de la *Divine Comédie* en levant les bras dans la rue, personne n'y prêtait attention. Aurélie voyait péniblement la folie dans ses sauts grotesques et ses efforts répétés pour la persuader qu'il était unique. Elle observait les étudiants toute la journée et il ne lui semblait pas différent d'un autre, si ce n'était par sa silhouette ultrafiliforme et son physique qui détruisait à lui seul le mythe du bellâtre italien. Elle n'avait toujours pas appris dix mots d'italien en sa compagnie et un soir il tenta de l'embrasser alors qu'elle était naïvement venue chez lui en pensant emprunter un livre. Elle s'était sentie abusée et un peu idiote, prenant soudain conscience de sa vulnérabilité et de sa méconnaissance totale des sous-entendus qui régissent la vie sexuelle des individus. Elle n'aurait alors pas été contre un coup de rein vespéral, mais rien en Claudio ne l'attirait. Pas plus sa voix aigrelette, son accent exagéré que ses cheveux bouclés plus proches de la permanente que de la tignasse d'Apollon. Elle lui avait répondu qu'elle ne souhaitait pas coucher avec lui, avec la voix tremblante et un pourpre de gêne qui teintait ses pommettes.

« Je voulais juste t'embrasser ! jura-t-il en posant la main sur le cœur, comme un voleur qui s'apprête à plaider non coupable. Je n'y peux rien si tu es tellement jolie », récita-t-il mollement, sans grande conviction, avec un regard lubrique, brillant et plus strabique que jamais. L'hypocrisie de l'homme refoulé lui semblait pathétique et redoutable, sentant d'instinct que ce personnage pouvait être aussi ridicule que mauvais lorsque son ego était froissé. Il ne s'était pas donné la peine de traîner cette gamine des soirées entières pour ne même pas pouvoir éjaculer en elle ! Il avait déclamé des vers coincés et rouillés dans son cervelet depuis la terminale, gesticulé, payé des antipasti ignobles dans des ristorante bas de gamme avec mandoline accrochée au mur ; il avait payé le droit de la mettre dans son lit, c'était un raisonnement clair et irréfutable. Il finit par très vite devenir désagréable : « Tu savais très bien que tu ne venais pas ici pour un livre, ne sois pas coincée, allez… », il s'approcha d'elle avec la bouche en cul-de-poule, ses deux mains sèches s'étaient resserrées sur ses poignets. Elle savait qu'il lui restait beaucoup à découvrir avec son propre corps, elle avait envie de connaître ce plaisir-là, un des derniers gratuits restants. Elle voulait se montrer généreuse et écarter les cuisses sans crainte, ouvrir la bouche avec gourmandise. Elle ne cherchait pas la jouissance, mais la confiance, ce qui était bien plus difficile à trouver. Elle fut prise contre son gré, à même le sol, dans un coït aussi bref que pathétique qui lui laissa un sentiment cuisant de honte et de dégoût.

*

Après quelques semaines sur le campus elle s'était résolue à chercher un boulot d'appoint. Elle avait commencé par de la distribution de flyers sur rollers en ville et celle de journaux gratuits dès 6 h 30 aux arrêts de tram. Les lettres de motivation étaient obligatoires pour postuler. Il s'agissait d'un exercice difficile car il était impossible d'écrire que l'on postulait uniquement pour l'argent, il fallait alors s'exercer à l'art de formuler des platitudes professionnelles comportant « service client », « engagement qualité » et « la chance que vous me donneriez ». Elle avait postulé via le site de Pôle emploi à une annonce pour un poste d'*agent de propreté* en pensant à sa mère et avec l'affreux sentiment de valider les thèses du déterminisme de Zola, qu'elle avait toujours détesté. Elle ne lisait plus.

Elle avait rencontré Alejandro la microfibre à la main tandis qu'il poussait son chariot de seaux, serpillières et lingettes désinfectantes. Il portait des gants en latex noir qui ne tenaient pas. Il écoutait de la musique en travaillant mais ne fredonnait rien, ses lèvres ne bougeaient pas, son pied ne marquait pas le rythme, il ne bougeait pas ses doigts pour marquer la pulsation, il était parfaitement impassible. Elle portait un sweat à capuche récupéré auprès de son frère et était coiffée d'une queue-de-cheval basse un peu ringarde. Elle avait toujours des petits boutons dans le cou et sur ses pommettes, gage de la médiocre qualité de son alimentation ; ses phalanges étaient bleues, à cause des bagues fantaisie qui ne supportaient pas d'être trempées. Malgré tout elle avait hérité des yeux verts de son père, leur forme en amande donnait un certain caractère au visage. Il n'était pas beaucoup plus grand qu'elle, il avait une tête à jouer dans un film historique et à se faire buter par un conquistador à la treizième minute. Par une suite de hasards difficile à démêler, ils avaient échoué au même endroit et au même moment.

5

Malika, leur manager, appartenait à cette classe de gens capables de prononcer des énormités et de faire une faute de syntaxe par phrase avec l'air suffisant de ceux qui n'ont plus rien à prouver. Elle évoluait comme une mère maquerelle dans sa résidence, supervisant le raclage de carrelage et la désinfection des lavabos en passant ses doigts surmontés d'une impeccable French manucure sur les parties nettoyées en pinçant les lèvres.

« T'as lavé les sanitaires et rempli la fiche de suivi de propreté des espaces dédiés à l'hygiène intime ? » « Si t'arrives en retard c'est que tu réalises pas que t'as d'la chance de bosser ici ! »

Son inflexion de voix naturelle, entre la poissonnière de marché et une Arletty maghrébine, reprenait souvent le dessus lorsqu'elle voulait rappeler aux employés le privilège qu'ils détenaient de commencer toutes leurs journées par ramasser les poils pubiens dans les lavabos des chambres des étudiants. Elle était bouffie d'orgueil et d'importance dans ce rôle qui lui conférait pour la première fois de sa vie des *responsabilités*. Elle avait un amour immodéré pour les laïus sur la *conscience professionnelle*, *l'esprit d'entreprise* et *l'implication* au travail, comme si la grandeur d'un individu se jugeait à sa capacité à prendre au sérieux toute tâche rémunérée sept euros soixante-dix de l'heure. Elle était toujours habillée avec un pantalon noir en acrylique trop serré qui laissait entrevoir sa cellulite sur le haut des cuisses, on devinait qu'elle ne portait que des strings, probablement pour éviter la marque de la culotte. Elle portait des escarpins à bout pointu imitation python et une énorme montre Guess au poignet. Elle exhibait les marques de luxe que ses moyens lui permettaient d'acquérir, un luxe tape-à-l'œil de mauvais goût d'inspiration vidéoclip de R'n'B français. Elle avait un blazer noir en polyester, d'épais cheveux noirs raidis au fer à repasser et aux pointes abîmées tombaient sur ses épaules en formant un angle droit. Elle aimait parler de son *vécu* et de son *expérience de vie* pour exiger le meilleur de *ses employés*, bien qu'elle ne fût en réalité qu'une ex-femme de ménage reclassée dans la supervision des *sites* afin de donner l'illusion d'une TPE dynamique aux clients. Malika aimait *résoudre les conflits,* elle était *faite pour la diplomatie.* Son cou minuscule était caché par des foulards de contrefaçon, Aurélie l'avait toujours vue avec un différent chaque jour. Elle sentait qu'Alejandro était nerveux dès qu'elle apparaissait, elle voyait ses yeux se fixer sur les détails qu'elle avait déjà relevés. Il lui semblait fin observateur et discret.

Il l'avait invitée chez lui un jour qu'il l'avait croisée sur le campus. Elle avait accepté sans hésitation et avec un sourire franc, il avait été quelque peu étonné de cet enthousiasme. Dans le jeu des parades prénuptiales il était habitué à la moue féminine, à la jeune femme qui se refuse subtilement pour avoir le plaisir de recevoir des textos courtois et faussement détachés. Il lui fallait toujours payer plusieurs bières avant de pouvoir embrasser celle qu'il n'avait nullement envie d'embrasser. Cette gamine enrobée mais à la croupe discrète lui plaisait depuis un moment. Il aimait le fait qu'elle ne fasse la bise à personne en arrivant à la résidence, il avait en horreur ce tic français de frotter la joue contre celle de parfaits inconnus en imitant des bruits dégueulasses de succion. Il l'avait vue plusieurs fois dans les transports en commun, avec les mains sous ses genoux et observant tout ce qui défilait. Elle ne se maquillait jamais et assumait ne parler aucun mot d'espagnol.

Elle vint chez lui, légèrement apprêtée dans un jean un peu mieux coupé, mais élimé. Elle avait les jambes légèrement en X et des cuisses rondes, elle devait user très rapidement ses pantalons. Elle portait un haut noir avec un col en V. Sa peau était laiteuse, sans aucune tache hormis un grain de beauté entre les seins. Elle s'était parfumée, l'odeur était très sucrée, celle d'un parfum de solderie ou de supermarché, mais relativement agréable. Il sortit lui acheter un kebab et la laissa seule chez lui. Elle regarda ses étagères, remplies de livres d'occasion cornés et annotés par divers ex-propriétaires. Elle lut certains noms pour la première fois : Cortázar, Borges, Vallejo, Benedetti. Il y avait aussi *Moon Palace* en espagnol, *La Peste* et une BD : *Le Chat du rabbin*. Il n'y avait pas de meubles hormis un matelas posé à même le sol, recouvert d'un drap un peu crasseux et un oreiller défoncé. Il y avait une table de nuit en carton, vraisemblablement d'Ikea, sur laquelle était posé un PC vert pomme. Un autocollant avec un slogan d'inspiration révolutionnaire en espagnol y avait été apposé. À l'autre bout de la pièce, vers ce qui s'apparentait au coin cuisine, il y avait une petite table en Formica recouverte de miettes et de vaisselle non lavée. Il n'y avait qu'une chaise. Elle se sentait à son aise dans cet univers un peu vétuste. Alejandro était remonté avec un kebab recouvert de sauce blanche sans oignons et une barquette de frites noyées dans un ketchup rouge vif et très sucré.

Ils parlèrent très peu mais de choses capitales. Il fut la première personne avec qui elle évoqua la solitude du milieu estudiantin, l'ennui qu'elle ressentait en cours, le sentiment d'abandon de la part de ses parents, de ses camarades du lycée qui ne lui donnaient plus aucun signe de vie. Elle lui confessa ressentir un décalage croissant avec sa famille, alors qu'elle n'avait aucun moyen intellectuel ou financier de fuir son milieu.

« Dans l'entrée de l'appartement de mes vieux – tu vois ce que ça veut dire les vieux ? – il y a un meuble à chaussures blanc. Mes parents l'ont acheté dix ou vingt euros chez But ou Conforama. Ma mère avait assommé le vendeur de questions, comme si elle s'apprêtait à acheter un buffet en chêne qui allait rester des générations dans la famille. Je voyais à sa tête qu'il se demandait ce qu'il foutait là. Et moi je me demandais comment il avait échoué dans ce hangar à meubles en plastique à écouter les délires d'une ménagère. Parce que ma mère semblait tellement investie dans cet achat, si tu l'avais vue... Elle expliquait à mon père qu'ils auraient dû venir avec leurs chaussures pour estimer combien de paires de ballerines on pouvait fourrer dans le tiroir du haut, comment gérer le problème de l'odeur des baskets... Maintenant ma mère a trouvé la parade : elle place une mèche parfumée sur le haut du meuble et désinfecte tous les jours les poignées. Parfois ça sent la lavande ou la senteur marine mais le parfum de synthèse n'est jamais assez fort pour masquer l'odeur des pieds, donc ça fait des combos dégueulasses... Ma mère achète quelque chose parce que c'est pas cher. Du coup ça lui fait plaisir. Avec cette logique de pauvre un peu idiote elle a toujours le sentiment d'acheter des choses qui lui font plaisir. Mais du coup elle se retrouve à acheter des sandalettes en plastique en février, des pizzas aux fruits de mer, des surimis par boîtes de trente à la date de péremption proche et dont il faut faire des orgies. Je n'ai jamais compris son obsession de la propreté, du "pratique". Elle gère parfaitement sa maison, on n'a jamais manqué de rien. Mais c'est comme si sa vie s'arrêtait aux prochaines courses, comme si tout se jouait sur ce que ses collègues disent de sa déco quand elles viennent boire le café instantané dégueulasse. Parfois, j'ai le sentiment de parler avec elle comme on fait la conversation par courtoisie à la vieille dans le tram ou dans la file d'attente à la caisse. Elle n'a jamais voulu de chat parce que l'odeur des crottes la dégoûte, on ne fait pas de raclette parce que ça sent fort, on ne reçoit pas la famille parce qu'il faut mettre les rallonges à la table et que ce n'est pas pratique, je n'ai jamais accueilli d'amis à la maison parce que tout la plonge dans un état indescriptible de nervosité... Mon père c'est simple, il ne parle pas. Il n'est pas heureux mais pourrait tuer pour garder cette vie, cette femme casse-couilles qu'il affectionne et qui le soulage à tout décider pour lui. Il travaille, il ramène assez d'argent pour alimenter la machine. Même à la maison il est ouvrier, et ma mère c'est le contremaître qui inspecte tout. Il vote toujours, je le suspecte d'aimer remplir la déclaration de revenus. Il ne s'est jamais autant investi que lorsque je me suis inscrite à la fac. Il a épluché toutes les offres des mutuelles étudiantes pour me conseiller la formule la mieux adaptée. »

Elle tolérait son cadet mais n'avait pas de réelle affection pour lui. C'était un adolescent sans grand intérêt, qui n'avait toujours pas fait sa *crise*. Il aimait les belles voitures et avait quelques posters de Ferrari dans sa chambre. Le soir elle l'entendait couiner péniblement après qu'il était allé chercher du Sopalin dans la cuisine sur la pointe des pieds. Elle le trouvait grotesque et lourdaud. Elle n'avait aucun projet professionnel ni même académique et continuait à aller en cours par habitude et pour tuer le temps. Sa vie semblait s'être arrêtée et la majorité qu'elle avait attendue pendant des années lui permettait tout juste de régler ses achats avec une carte à puce. Elle avait raté quelque chose, pourtant elle avait suivi toutes les consignes, elle avait été fidèle au mode opératoire de la République. Elle avait été appliquée, disciplinée, rigoureuse et ouverte d'esprit. Elle n'avait pas peur du travail intellectuel, ni de la difficulté physique. Elle aspirait sincèrement à une émancipation sociale, elle attendait *qu'il se passe quelque chose*. Et il ne se passait rien.

Il avait été touché par cette conversation ; il n'arrivait pas à un tel niveau d'honnêteté avec ses compatriotes. Il lui parla des difficultés pour venir en France, l'ennui en cours, le découragement à la fin de la journée entre palabres universitaires stériles, maniement du balai pour régler la facture d'électricité et quelques conserves de légumes acides, les tracasseries administratives, la quasi-impossibilité de régulariser ses problèmes en préfecture, la faute à une file d'attente toujours plus importante et des horaires d'ouverture au public à la limite de l'indécence. Il souffrait du discours anti-immigration qui gagnait les Français sur fond de « ils débarquent et ont tout pendant qu'on trime ». L'immigration au quotidien était une épreuve, une suite de papiers à remplir pour tout, des emplois qu'on ne pouvait refuser sous peine d'être qualifié de profiteur. Et non, tout ne lui avait pas été mis à disposition sur la table. Il rigolait jaune aux blagues de ses camarades de promo sur les Farc, avait envie de pleurer en écoutant Joe Arroyo, ne parvenait à expliquer l'arnaque de l'expatriation à ses amis restés au pays.

Il parla de sa famille qui lui manquait terriblement. Au contraire d'Aurélie, il fréquentait tous ses cousins, ses oncles et ses tantes l'adoraient, vivre sans eux était un sacerdoce qu'il avait sous-estimé. Il avait une *vie sociale* relativement épanouie, avec des amis fidèles et des connaissances fiables. Malgré tout, lui aussi se sentait seul. Il avait toujours voulu venir en Europe mais il n'avait pas les finances nécessaires pour aller à Genève ou Londres. C'était frustrant d'avoir traversé un océan pour ne pas pouvoir franchir la Manche ou passer deux jours à Bruxelles. Il ne savait trop non plus ce qui le retenait dans cette situation bancale hormis son aversion pour la Colombie. Il était venu pour se former mais n'apprenait rien, laissait les jours filer sans rien entreprendre de vraiment constructif ou qu'il n'eût pu réaliser dans son pays. C'était étrange à dire, mais il avait beaucoup perdu en venant en France. C'est à Grenoble qu'il avait découvert la pauvreté. À Bogotá, il avait toujours vécu chez ses parents qui étaient propriétaires d'une petite maison dans un quartier résidentiel et coquet. Ils lui avaient payé sans sacrifice financier particulier une université privée après son échec au concours d'admission de l'université nationale. Tous les ans, la famille partait pendant les vacances de Noël sur l'île de San Andrés. Il appartenait à la classe moyenne supérieure de son pays, celle qui s'enorgueillit de la réussite de ses enfants à l'étranger ou lorsqu'ils rentrent au bercail travailler pour une entreprise américaine ou européenne.

« Les Colombiens sont très patriotes. On les entend dire à longueur de journée qu'ils vivent dans le plus beau pays du monde, que Dieu a fait la Colombie, qu'on est le seul pays d'Amérique du Sud à avoir une côte atlantique et pacifique... On est fiers de l'Amazonie, des Andes... Comme si on l'avait mérité ! Il y a un drapeau colombien dans chaque maison, les expatriés ont le drapeau colombien sous forme de bracelet autour du poignet... Il y a ces trois putains de couleurs de partout. Mais pour une mère colombienne, la réussite c'est quand son fils décroche un master en Europe. Le top du top c'est les États-Unis même si personne n'a les moyens de se payer la fac là-bas. On est fiers de notre pays mais la réussite c'est de le quitter et de n'y revenir que pour les vacances, que pour montrer à sa famille à quel point on est mieux ailleurs. Alors on sert d'exemple aux plus jeunes. On assomme les gamins encore au lycée avec le cousin plus vieux qui a réussi en bossant à l'école, on lui file des complexes pour que lui aussi n'ait plus qu'une obsession : se tirer. Chaque réussite personnelle est motivée par l'envie d'étourdir les plus jeunes avec son image. On se construit une réputation dans sa famille, on n'ose pas dire à nos parents qui n'ont jamais vécu ailleurs qu'on prépare des hamburgers et qu'on sert des bières pour payer un studio miteux. Quel que soit ton problème quand tu es à l'étranger, tout va bien. Pour ta famille tout ne peut qu'aller bien puisque tu n'es pas en Colombie. Alors ce patriotisme, cette fierté, c'est pour quoi ? »

Son accent était léger, il accrochait sur les « r » et rebondissait sur le « om » de « Colombie ». Il parlait avec détachement, cherchait ses mots en ayant à cœur de s'exprimer distinctement. Il parlait un français appliqué, mais non laborieux.

« J'ai toujours voulu venir en Europe parce que la Colombie me fatiguait. C'est un pays épuisant. Ici tu vas au cinéma et tu ne t'en rends même pas compte. Tu peux rentrer chez toi à vélo à 3 heures du matin, si un type te rentre dedans dans la rue, il s'excuse. Tu montes dans un ascenseur on te dit bonjour et au revoir, on propose d'appuyer à ta place sur le bouton de l'étage. Parfois j'ai le sentiment d'être entré dans un grand salon de thé où tout le monde sourit et débite des formules de politesse comme des automatismes. Les gens pensent bien faire, mais des fois ils me parlent comme si j'étais un abruti ou un fini à la pisse... C'est comme ça qu'on dit, *no* ? Ils détachent toutes les syllabes en me regardant dans les yeux comme si j'étais un enfant qui ne comprend pas tout. Pourtant ils ne lisent pas un livre par an, ils sont gentils mais ne font rien de tout ce qu'ils ont. Ils ont la possibilité d'avoir un abonnement gratuit à la bibliothèque, des conférences, une radio publique de qualité, mais aux portes ouvertes de la MC2 il n'y a que des retraités. Vous ne faites rien. Vous êtes gentils et bien élevés, on vous voit bien être cadres dans n'importe quel pays du monde, mais on vous imagine pas nettoyer les chiottes. Vous êtes bien élevés, bien éduqués, bien comme il faut, mais vous êtes inadaptés. Nous, on ferait notre nid n'importe où. »

6

L'hiver avait été supportable grâce à ces allées et venues régulières et de plus en plus rapprochées chez Alejandro. Elle dormait chez lui un soir sur deux ; elle détestait coucher chez ses parents, se glisser dans les draps froids de son lit une place, lever les yeux et voir les posters de son adolescence pour des chanteurs qu'elle méprisait désormais. Elle ressentait un manque terrible pour le corps fin de son amant emmitouflé dans d'épaisses couches de vêtements. Il ne chauffait pas, par mesure d'économie. En Colombie, il n'avait jamais dû affronter deux fois un degré zéro, ses vieux lui en parlaient encore. Elle avait rencontré quelques-uns de ses amis au cours de beuveries interminables qui lui donnaient de l'énergie pour la semaine ; c'était un cliché, elle détestait les clichés, mais c'était un *peuple chaleureux*. Elle tenait bien l'alcool, hormis le rhum. Elle était avenante et tout sourire, elle se sentait dans son élément dans n'importe quelle cuisine, n'importe quel salon ou bar à chicha. Pas bégueule, elle se contentait d'une assiette de pâtes sur un coin de table en Formica ou de boire dans une bouteille qui passait de main en main.

Elle était radieuse dès qu'il la sortait, elle ne faisait rien sans lui. Elle pouvait descendre des quantités impressionnantes de bière, ce qui lui faisait gagner des points de sympathie dans cet univers grivois mais gentillet. Elle dansait très mal la salsa mais tous feignaient d'être impressionnés en la voyant déplacer lourdement ses jambes, elle plaisait beaucoup et Alejandro était flatté d'avoir réussi à mettre dans son lit une Française dont pour une fois il n'avait pas honte. En société ils ne s'embrassaient pas et ne se tenaient pas par la main. Les Colombiens ne posaient pas de questions, ils se foutaient pas mal du statut officiel qui encadrait leur relation ; ils savaient que leur pote éjaculait régulièrement et qu'il avait meilleure mine. Le reste, c'était de la pinaillerie de bonne femme. Ils n'étaient pas vraiment *ensemble*, il lui avait dit sans aucun détour tandis qu'elle avait proposé de le présenter à ses parents. « Je ne crois pas au couple, très franchement. Je ne veux pas te faire du mal ou que tu t'emballes. On a quelque chose de bien, de très très bien mais si on fait ça dans les règles ça va foirer. Toutes mes relations ont été des catastrophes. J'ai besoin de *garder ma liberté.* »

Elle savait pertinemment qu'elle était la seule femme qu'il *fréquentait* alors. Elle acceptait cette règle qu'il avait dictée, pensant lui faire plaisir tout en préservant ce qui importait le plus. Il pouvait bien appeler cela comme il l'entendait, dans les faits il était avec elle la moitié de son temps, jouissait en elle, aimait parler avec elle, tirer ses cheveux, lui faire frire des *patacones* et poser sa tête sur ses genoux, ce qui était de loin ce qu'elle préférait. Leur relation était sensuelle et tendre, ce n'était pas un *plan cul* ou une *amitié sexuelle* à la mode. Elle respectait sa névrose du couple avec une pointe d'orgueil : elle, elle avait su *l'accepter comme il était*, elle n'était pas de ces femmes exigeantes, jalouses et névrosées comme Diana, son ex-copine colombienne pour laquelle elle nourrissait une aversion sans limites.

Elle avait pour lui une affection qui la sublimait : elle avait minci et son teint s'était éclairci ; elle avait validé ses examens du premier semestre par miracle. Elle avait lu *Rayuela* en français (ce qui pour lui revenait à ne l'avoir pas lu), rouvert ses cahiers d'espagnol du secondaire, découvert Radiohead, Tool, Morcheeba,

Sidestepper, Totó la Momposina, Depeche Mode et Silvio Rodriguez. Elle écoutait chez elle tout ce qu'il lui faisait découvrir ; tout lui plaisait, elle n'avait avant de le rencontrer aucune culture musicale. Ses parents regardaient *Les 100 plus grands* et les émissions de variétés du samedi soir sur TF1. C'est avec Alejandro qu'elle avait découvert le patrimoine musical français, Fellini, Peckinpah et Miyazaki. Sa soif de connaissance l'avait ressaisie, elle se sentait à nouveau curieuse, prête à lire toute la journée entre deux pensées érotiques et tendres.

Il était devenu le centre de son univers, son absence devenait de plus en plus ingérable ; elle se perdait dans son amour, le premier sentiment fort et puissant qu'elle ressentait dans sa vie. Elle avait un appétit immodéré pour sa chair, son parfum, sa conversation. Il était l'objet de ses fantasmes, le cœur de ses projets ; poursuivre la licence à son terme lui importait peu, elle ne voulait plus quitter Grenoble. Ne pas le voir laissait un trou béant dans sa poitrine, elle laissait filer les heures lentes sans lui avec résignation et rancœur. Lorsqu'elle quittait son appartement, elle se sentait faner, s'aigrir et devenir sèche. Elle ne se lassait pas de le voir s'agiter dans son désordre, cherchant une casserole pour lui préparer à manger en râlant dans un jargon de Bogotá, propre à son quartier, lui disait-il. Il envoyait des messages laconiques, dont elle retenait et analysait chaque mot, à la recherche d'un sens caché ou d'une effusion de sentiments qu'il aurait retenue. Il était introverti mais semblait toujours plus à l'aise lorsqu'elle apparaissait sur son palier. Il aimait discuter avec cette gamine sur la défensive avec les autres mais désinhibée dans ses bras, solaire à son contact, prête à exploser de passion pour lui. Elle se serait laissée consumer d'amour, elle aurait tout fait pour être avec lui à chaque instant, et cette passion tenace qu'elle ressentait pour deux, pour dix, pour cent, lui redonnait le goût des choses très simples qu'il avait jusqu'alors négligées.

Elle se demandait à quoi pourraient ressembler leurs enfants, bien entendu elle était prête à leur donner des noms espagnols, il était bien plus *enraciné* qu'elle. Il ne connaissait pourtant rien de son pays hormis la gigantesque capitale dans laquelle il avait grandi et qu'il n'avait quittée que pour s'expatrier. Elle ne parlait de lui à personne, puisqu'elle aurait eu du mal à décrire ce qu'il représentait pour elle. Il était son confident, son amant, son amour, mais nullement son *amoureux*. Le mot *copain* était proscrit et elle tirait une fierté un peu idiote de cette situation complexe. Elle était devenue comme Claudio, l'Italien cascadeur du macadam : persuadée de sa singularité dans sa désespérante banalité. Elle aimait un homme pour la première fois de sa vie et cherchait constamment des superlatifs et des métaphores un peu kitsch pour exprimer son amour. Elle n'avait pas une seule photo de lui. Elle était convaincue que son amour pour lui n'avait jamais été éprouvé par quiconque auparavant. Elle trouvait les couples « officiels » ridicules, elle se réjouissait de pouvoir se soustraire aux convenances auxquelles elle aurait pourtant tant voulu se soumettre.

*

Sortir avec lui n'était pas un gage d'exotisme ; ils ne discutaient qu'en français, de choses très françaises. Elle lui posait parfois des questions sur la Colombie auxquelles il répondait de manière très évasive ; elle n'avait jamais posé les pieds sur le sol sud-américain et sous-estimait le chaos d'une société comme celle dont il était issu. Même pauvre, elle avait grandi dans un pays dans lequel personne ne souffrait de malnutrition. Le système universitaire était ouvert à tout bachelier, les soins médicaux étaient gratuits, il y avait un remède pour chaque bobo dans n'importe quelle pharmacie. La question était désormais de rendre les lieux publics accessibles aux *personnes à mobilité réduite*, clouter des portions de trottoir pour les cannes blanches des *non-voyants*, lutter contre les blagues homophobes de mauvais goût. La défense du principe d'égalité des citoyens était poussée à son paroxysme, il croyait souvent avoir des hallucinations devant certains débats, notamment ceux d'Yves Calvi ; Christophe Barbier lui semblait être un personnage de bande dessinée. Quand il voulait en parler autour de lui, la réponse qu'il entendait le plus fréquemment était « Oh ! un Colombien qui connaît Barbier, c'est rigolo ! » Telle était une des conséquences fâcheuses et lassantes de sa condition d'exilé : en décalage croissant par rapport à ses amis restés au bled, toujours ramené à son statut d'étranger par les Français avec lesquels il aspirait à pouvoir tenir une conversation d'ex-étranger assimilé.

Il y avait en France un réel souci de la démocratisation du savoir et de la culture ; un billet d'opéra à neuf euros pour les jeunes ou une école de musique avec tarifs calqués sur le quotient familial, voilà qui était pour lui sidérant. Il écoutait parfois France Culture et rigolait seul en associant les deux concepts : le nom d'un pays, suivi de la culture avec une majuscule. La Colombie n'était pas une société égalitaire et ne cherchait pas même à le feindre ; les plus riches avaient les meilleures places et cette évidence était acceptée par chacun avec une résignation inébranlable. Les Colombiens étaient généreux, persévérants, résistants mais très orgueilleux.

Aurélie avait remarqué chez eux une formidable capacité à se froisser d'un mot malheureux. Elle n'aimait pas l'admettre mais elle était régulièrement confrontée à certaines *différences culturelles* majeures avec Alejandro. « En Colombie, c'est soit tu te fais prendre pour une merde, soit tu t'écrases. Il n'y a pas de demi-mesure, on a tous de gros problèmes d'ego. » Dans un bar dont elle avait oublié le nom, au cours d'un énième vendredi soir qui voit s'éteindre les économies de la semaine réalisées sur l'alimentation et le chauffage, un type était venu lui parler avec l'œil brillant de celui qui s'apprête à débiter des poncifs sur sa terre d'origine pour remplir son lit d'une Occidentale en manque d'aventure. Il se présentait comme « docteur » et Alejandro lui avait demandé agressivement s'il avait rédigé une thèse. La réponse était un « non » très sec et gêné, suivi d'un regard dirigé vers le sol. Encouragé par cette victoire rhétorique, Alejandro avait ironisé sur la mythomanie de son compatriote dans un espagnol teinté de *bogotanismos* méprisants. Tous deux en étaient venus aux mains, Aurélie l'avait supplié d'arrêter. Elle avait honte de se sentir flattée par cette effusion de testostérone mal contenue et ridicule. Alejandro lui avait lâché « Je ne suis pas une lopette comme les Européens. » Elle s'était vexée de cette remarque grossière et pourtant justifiée.

Elle appartenait à un peuple qui haïssait toute forme de conflit, qui préférait éviter les sujets qui fâchent, si tant est qu'il y en eût encore. Elle enviait aux Colombiens leur résilience, leur esprit de débrouillardise, leur sens aiguisé de la communauté, leur capacité à s'organiser. Quand l'un d'entre eux rentrait au pays pour des vacances, il l'annonçait à son entourage qui lui confiait de menues missions : « rends ce pull à mon frère », « ramène-moi une bouteille d'*aguardiente* », « donne ce colis à ma mère ». Ces services étaient rendus avec sérieux et gracieusement. Chez nous, ce concept aurait débouché sur un site internet *collaboratif* et payant. Elle admirait la façon avec laquelle ils échangeaient, se déchiraient dans des débats sans fin sur la politique de la mère patrie, la direction à prendre, en finissant par s'insulter avant de se tomber dans les bras. Pourtant, elle ne s'était jamais sentie aussi européenne que depuis que ces hommes la désiraient pour ce patrimoine génétique dont elle avait hérité par le plus complet hasard.

Lui avait fini par se lasser de la facilité de coït conférée par le statut de *Latino*. Un soir, il avait invité une jeune femme à danser. Elle avait décliné son invitation mais lui avait proposé de le regarder se trémousser sur de la musique commerciale aux paroles scabreuses que personne ne comprenait. Il lui avait rétorqué : « Tu crois quoi ? Que je suis ton singe ? » La malheureuse avait bégayé qu'elle n'était pas raciste, tétanisée par la honte d'être assimilée à une sous-catégorie de citoyens bornés. Elle n'avait plus su où se mettre pendant quelques secondes, le temps qu'un autre homme accepte la proposition, dans l'optique de lui montrer de plus près et à un stade plus avancé de la nuit ses ondulations du bassin. Il sentait bien que les hommes étrangers étaient prêts à entretenir tous les clichés du Latino-danseur-de-salsa et de l'Africain-au-rythme-ancré-dans-son-ADN pour pouvoir éjaculer fréquemment et sans grande difficulté. Aurélie l'avait apaisé sexuellement. Il la prenait parfois en admirant le contraste entre leurs deux peaux et avait honte de « racialiser » cette relation. Un instinct primitif, nourri par des années de fascination pour les Européens, l'emplissait de fierté de parader à côté de cette Française aux traits réguliers et à l'œil doux. Il regrettait de ne pouvoir en parler à ses amis autrement qu'en commençant par évoquer sa nationalité. Il aurait voulu faire l'impasse sur l'aspect *biculturel* de leur relation, qu'elle ne lui pose pas toujours des questions sur son pays d'origine.

Il s'en voulait de ne pas réussir à profiter de sa présence comme elle l'aurait mérité. Elle était arrivée dans sa vie un peu trop tôt ; elle était trop fraîche, trop naïve, trop jeune pour pouvoir le contredire et participer à la conversation plutôt que s'en abreuver. Elle était intelligente, sans l'ombre d'un doute. Mais quelque chose en elle l'agaçait et l'empêchait de se laisser aller au grand amour pour lequel elle aurait pu tout sacrifier. Il se reconnaissait dans sa solitude, ses descriptions du manque de perspectives, l'angoisse qui lui serrait la gorge, la détresse qu'elle ressentait à ne pas vivre sa jeunesse comme elle l'aurait voulu mais il ne parvenait pas à s'abandonner à elle. Elle avait grandi dans un milieu aimant mais il lui avait manqué quelque chose dont elle se rassasiait à l'envi à son contact. Elle était une jeune femme intéressante et serait sans nul doute possible une *femme à marier*. Une épouse douce, avec laquelle discuter et jouir, à l'écoute et investie. Il sentait bien qu'elle le voyait comme un être unique ; il était le premier homme qu'elle aimait. Elle avait pour lui cette démesure et cette naïveté que l'on ne ressent qu'à la sortie de l'adolescence ; pour lui déjà il était trop tard pour lui rendre la pareille. Ses pensées étaient parasitées de détails pratiques : le visa à renouveler, les examens, sa mère à appeler en tenant compte du décalage horaire, la dernière facture d'électricité, le courrier à envoyer au centre de Sécurité sociale. Elle n'avait pas d'autre pensée que pour lui, ce qui lui permettait de jouir d'attentions subtiles et régulières. Elle buvait ses paroles et pouvait d'une fois à l'autre lui préparer un repas en fonction des appétits qu'il lui avait confiés quelques jours plus tôt. Elle mémorisait la moindre anecdote qu'il lui contait, le moindre rictus sur son visage lorsqu'il parlait de la Colombie, elle avait mémorisé les noms de ses camarades de promo et les dates d'anniversaire de ses amis. Lui ne pouvait souhaiter un anniversaire sans Facebook.

Une de ses tantes vivait avec son mari ingénieur en Californie, leurs enfants étaient de parfaits gringos basanés ; il se renseignait sur les démarches à accomplir pour les rejoindre. Il devrait probablement entrer sur le territoire comme un touriste et chercher du travail, bien qu'il redoutât un énième *job* alimentaire pour un simple droit de séjour. Elle craignait d'évoquer ses projets ; elle savait qu'il n'aimait pas Grenoble et que la France le décevait. Quitte à vivre en Occident, autant jouer pleinement le jeu.

Il n'aimait pas la *culture sociale*, l'obsession du consensus, la bonne conscience du Français lettré qui se sent responsable de tous les maux de la planète, de la condition des Roms à la fonte de la calotte glaciaire. Il ne supportait plus le cinéma français, la spontanéité avec laquelle ses amies lui proposaient un mariage blanc pour l'aider avec ses papiers, il avait en horreur qu'on le complimente pour la libération d'Ingrid Betancourt, vomissait l'expression *citoyen du monde*. Il ne comptait plus les Français de son âge qui avaient déjà vécu un an à l'étranger dans le cadre d'un volontariat ou d'un échange universitaire. Il était facile de se sentir appartenir à une gigantesque communauté humaine lorsqu'il était possible de traverser son pays en quelques heures. Mais cette expression n'avait pour lui aucun sens.

Il était latino-américain et cette identité complexe, déjà lourde à gérer, lui suffisait amplement. Il ne savait pas quoi faire de son propre *bagage culturel*. Il parlait un espagnol abâtardi, les habitants de son pays portaient sur leurs visages les métissages successifs qui avaient suivi l'arrivée des Européens. L'histoire même de son continent avait commencé officiellement cinq cents ans plus tôt. Il ignorait les us et coutumes de ses ancêtres, à quoi pouvait ressembler leur langue, il descendait d'un peuple violé. Être *citoyen du monde*, c'était bon pour ceux qui parlaient la même langue depuis des siècles, une langue qui évolue naturellement, ceux qui connaissent la vie de leur pays sur deux millénaires, qui ont un patrimoine composé de châteaux, de marbres, de tapisseries, de tableaux et d'esquisses. *Citoyen du monde*, c'était le caprice ultime du peuple repu qui se déplace sans risquer sa vie.

*

Il devait présenter dans les semaines à venir son mémoire et pouvait être exécrable par moments. Il n'était jamais aussi tendre que lorsqu'il voulait la prendre, jamais aussi loquace que pendant les préliminaires ; elle en tirait la conclusion que c'était sa manière de l'aimer, bien loin de basses préoccupations physiologiques. Elle sublimait ses pulsions, ne pouvait se résoudre à donner raison à sa mère qui débitait des poncifs sur les hommes et le sexe depuis des années. L'homme qu'elle aimait ne pouvait qu'être différent, au-dessus du lot. Elle convenait, difficilement, de son manque de maturité affective. Elle pouvait se rendre malade de penser aux femmes qui pouvaient l'exciter, à ce qu'elle ne lui avait pas encore fait, aux éventuelles images de ses ex qui traînaient sur son disque dur, aux dizaines de films au titre dégueulasse qui étaient encore dans sa barre de favoris. Il avait été le seul à la faire jouir, à la tirer vers le haut. Il était lui-même étonné de ce qu'il provoquait chez cette gamine qui s'était considérablement dégourdie à son contact. Elle avait gagné en assurance, sa voix avait changé, elle semblait plus cultivée et plus ouverte. Ces changements visibles l'impressionnaient mais il ne voulait pas penser qu'il en était à l'origine.

Il convenait que ce qu'il vivait avec elle était bien différent de ce devant quoi il pouvait se branler. Ils pouvaient ressentir un plaisir profond, chaud et simple avec le missionnaire ; il aimait la voir quand il la pénétrait, il était dans un état proche de l'orgasme quand elle lui massait le crâne en soupirant dans son oreille. Elle pouvait l'embrasser des tempes jusqu'aux pieds, lécher ses orteils avec une vénération qui le rendait fou de désir. Elle passait la pointe de sa langue sur ses doigts en glissant ses mains le long de son dos tout en caressant doucement ses bourses. Il adorait suivre la ligne de son corps avec les doigts et terminer sa course entre ses cuisses. Elle était belle, bonne, séduisante, gracieuse, docile et imaginative. Parfois elle prenait le dessus et se montrait plus entreprenante que lui. Dans ces moments il aimait s'en remettre à elle et se laisser guider.

Sa sensualité n'était pas technique ni travaillée, elle était simple et instinctive, une sorte d'animalité de bon ton, sans agressivité. Il y avait une complicité et une sensualité qui le retournaient, il découvrait des subtilités dans l'amour physique qu'il n'avait jamais expérimentées malgré de nombreux fantasmes assouvis qui lui avaient été dictés par l'industrie du X. Il devait en convenir : il était autrement plus satisfaisant de coucher avec une femme amoureuse.

Il l'accueillait chez lui avec plaisir mais sans impatience, il la savait à sa disposition et son orgueil appréciait tout particulièrement ce contexte. Il l'aimait beaucoup, bien plus qu'il n'aurait voulu l'envisager. Il voulait contrôler au moins cet aspect de sa vie, n'avoir que des *aventures* ternes et prévisibles lui conférait un pouvoir de détachement réconfortant. Il voulait courir partout sans pour autant trouver la force de sortir de chez lui. Dans son subconscient il était à Copenhague, à Berlin et en Chine ; il ne pouvait avoir d'attaches, il devait tout voir, seul. La conviction d'une espèce de supériorité, la foi en une destinée à part avaient fini par avoir raison de toute forme de sentimentalisme : son chemin l'emportait sur toute femme. Une femme se remplace, mais on ne vit qu'une fois. Quel que fût son attachement à Aurélie, une autre femme serait amoureuse de lui un jour. Une peut-être moins jolie, moins en rondeur, avec un cul moins ferme mais avec le même regard doux, la même affection abêtissante.

7

Michael Jackson est mort le 25 juin 2009. Les angoisses liées à la récession n'occupaient déjà plus qu'un nombre restreint d'intellectuels du dimanche et de prophètes de la dernière heure. Le monde s'était arrêté pour rendre hommage à un homme à la voix de castrat et au physique improbable. Aurélie n'en était que très peu affectée, elle aidait Alejandro à nettoyer l'appartement qu'il quittait. Son dossier avait été accepté à Lyon 2, il resterait un an supplémentaire en France pour un diplôme d'université en traduction spécialisée. Elle avait quelques semaines plus tôt envisagé son *transfert* pour partir avec lui. Au cours de la conversation la plus pénible qu'elle eût jamais supportée elle l'entendit lui dire qu'elle serait *pour toujours dans ses souvenirs* mais qu'elle devait rester à Grenoble. Elle devait *faire les choses pour elle*. Elle n'avait pu rétorquer que partir avec lui était avant tout pour elle. Elle savait qu'il était inutile d'insister ou de le convaincre. Comme si son corps avait échappé à son contrôle, elle se surprit à récurer sa baignoire avec ardeur, à nettoyer son évier avec pour seul objectif de le faire briller. Elle mettait une superbe énergie à lui rendre cet ultime service, qu'il ne remarqua pas. Il était nerveux, nullement d'humeur à la consoler. Il était absorbé par la liste des documents à remettre au propriétaire ; il ne lui jeta pas un regard jusqu'à ce que ce dernier arrive. Elle s'éclipsa alors discrètement. Ses vêtements tenaient dans un petit sac de voyage, il avait rangé ses livres dans des cartons qui seraient placés dans la cave d'un ami. Ce détail l'affectait, il semblait sincèrement désolé de les laisser. Il ferait du couchsurfing en attendant de trouver un logement, en colocation. Il semblait plus résigné qu'enthousiaste à l'idée d'un nouveau cursus dans une nouvelle ville. À Lyon il devrait travailler à mi-temps, faire ses courses à Lidl ou chez Ed, il était toujours en France. Ce déménagement était compulsif et Aurélie était obsédée par cette phrase de Céline : *Je l'aimais bien, sûrement, mais j'aimais encore mieux mon vice, cette envie de m'enfuir de partout, à la recherche de je ne sais quoi, par un sot orgueil sans doute, par conviction d'une espèce de supériorité.*

*

L'été 2009 fut plus éprouvant que le précédent. Elle savait qu'elle ne réitérerait pas l'expérience de l'université. Elle n'avait pas validé le second semestre. Alejandro parti, elle n'avait plus aucune connaissance ni aucun ami à fréquenter. Elle avait un jour croisé en ville un Colombien qui ne l'avait pas reconnue. Sans Alejandro à ses côtés, elle n'était déjà plus personne. Les siestes s'allongeaient et le reste de la journée à occuper était interminable. Elle multipliait les longues promenades à pied, prenait le car du conseil général et se retrouvait sur la place de villages dans lesquels elle n'avait rien à voir, personne avec qui parler. Ses parents avaient remarqué un changement notable dans l'humeur de leur fille. Elle dormait tous les soirs dans sa chambre et ne chantonnait plus. Ils étaient peinés et légèrement attendris d'assister à ça : c'était son *premier chagrin d'amour*, c'était normal. Cela arrivait un peu tard par rapport à la moyenne, mais ils étaient rassurés que leur fille passe par toutes les étapes décrites par le pédopsychiatre du magazine télé. Hormis la principale intéressée, personne ne voyait ce que son histoire ou l'amour dévorant qu'elle ressentait pour Alejandro avait de si original.

Les jours étaient lourds et les heures poisseuses. Il lui avait dit au revoir avec une bise ; elle avait jusqu'alors rempli très correctement son rôle. Elle l'avait soulagé de son surplus de liquide séminal, rempli son ventre lors de fins de mois difficiles, rassuré lors de ses crises névrotiques ; il était envahi par la peur de l'échec. Elle lui avait donné de la tendresse lorsqu'il l'exigeait, sans engagement, sans réclamer aucune contrepartie. Elle avait joué le jeu de la relation *new age*, sans limites dans le don de soi et sans aucune perspective. Aucune responsabilité pour lui, pas d'engagement, une vie sexuelle calquée sur la logique de l'offre de téléphonie mobile. Il se souviendrait vraisemblablement de la forme de ses seins et du rebondi de ses claques sur son cul ; il continuait sa route sans se soucier du mal qu'il faisait. L'appendice érectile entre ses jambes lui imposerait de reconquérir un vagin. Il citerait alors Cioran en exagérant son accent, enfilerait un préservatif et assouvirait ses besoins. Il était impérieux d'éjaculer régulièrement, au même titre que manger et pisser. Seules les femmes, jeunes de surcroît, pouvaient se permettre de mourir d'amour.

Elle n'était pas unique. Son talent pour la fellation ne la rendait pas irremplaçable. Il avait aimé la baiser et jouir en elle, il s'était confié à elle, une autre accepterait de remplir ces fonctions. Il l'avait fait grandir et frissonner. Il lui avait communiqué le goût des beaux livres, des nuits blanches à enchaîner les films, du cannabis de qualité, des caresses délicates, elle ne saurait lui trouver un remplaçant en quelques semaines, pour le simple besoin impérieux de se sentir désirée. Dans sa chair, elle savait qu'elle était abandonnée, presque reniée, déjà reléguée au rang des souvenirs masturbatoires. Elle se sentait desséchée, comme vidée de toute substance ; son corps se déplaçait malgré elle, elle parvenait encore à tenir une conversation avec sa mère, le regard absent. Elle se réveillait au milieu de la nuit, étreinte par la panique, s'imaginant rester dans cet appartement jusqu'à la mort de ses parents. Le foyer familial l'étouffait, elle ne pouvait partager son histoire avec personne. Elle ne voulait pas être raisonnée, elle voulait aller au bout de sa peine, comme l'expiation d'un crime jamais commis.

Elle devait travailler, elle le savait. Mais elle n'avait pas eu l'abnégation nécessaire pour valider une formation diplômante dans le supérieur ; retourner dans un lycée pour un BTS tertiaire ne pouvait être une option sérieuse. Ses parents l'encourageaient à devenir secrétaire médicale ou s'inscrire en BTS Management des Unités commerciales, les deux formations post-bac dispensées dans le lycée de son secteur. « Y a pas de chômage dans le commerce, Aurélie ! C'est l'avenir ! Faut voir à la télé ce qu'ils disent. Les intellos à la fac ils trouvent pas de travail, ils sont formés à rien ! Mais un BTS c'est un plan sûr ! » ; ils étaient formels, avec l'assurance du Français moyen qui mange devant la télé. Avec beaucoup d'amour et d'espoir, ils refusaient à leur enfant la vie matérielle précaire qu'ils avaient toujours connue. Entre leur propre enfance et celle de leurs petits, ils avaient noté sans la théoriser une dégradation frappante du *niveau de vie*. Ils savaient que les temps seraient difficiles pour eux, l'aîné s'en était sorti de justesse mais l'avenir était plus que flou pour le plus jeune. Il n'y avait que six ans de différence d'âge entre les deux, mais cette différence s'apparentait davantage à une génération entière.

Ils aspiraient à une certaine émancipation sociale pour Aurélie, mais ils ne pouvaient lui proposer autre chose que des formations de prolétaires améliorées, sans aucun débouché. Pour eux, il était déjà miraculeux que leurs deux aînés aient le baccalauréat. Ils ne pouvaient pas les guider au-delà. Ils n'avaient pas prévu ce genre de problématique, pas les connaissances nécessaires pour leur trouver une *filière d'avenir*. Ils étaient perdus et c'était à leurs enfants de s'en sortir, seuls. Ils ne pouvaient voir la réalité sous un autre prisme que celui de l'ouvrier, ils voulaient que leur fille progresse dans *l'échelle sociale,* mais ils ne voyaient rien au-delà des deux échelons au-dessus de leur tête. Ils n'auraient pu l'encourager à entamer des études de droit, bien qu'en théorie ce cursus soit gratuit et ouvert à tous. Ils avaient des barrières mentales robustes ; ils avaient même fini par réécrire les faits : Aurélie n'était pas à Sciences Po parce qu'elle avait échoué au concours d'entrée. Que leur fille se soit même présentée à l'examen d'admission avait quelque chose d'inconvenant, de mégalomane. L'inscription à l'université était une ineptie et la catastrophique première année était la preuve qu'il fallait *savoir rester à sa place* et *avoir le sens des réalités*. L'ennui et la médiocrité de l'enseignement n'étaient pas des données à prendre en compte, elle ne parlait déjà plus le même langage qu'eux. Importait-il vraiment que les cours soient intéressants, qu'ils permettent de s'instruire ? Les diplômes devaient *donner du travail*. Vouloir apprendre ou se cultiver, c'était un luxe hors de leur portée, un caprice de mauvais goût.

Ils étaient dignes, et Aurélie les admirait sans pouvoir le leur dire. Leur appartement était impeccable, ils parvenaient à épargner au prix de méticuleuses et rigoureuses microéconomies au quotidien. Leurs meubles disparaissaient sous les bibelots, chaque kermesse des enfants avait été précieusement conservée sur de vieilles VHS à la bande abîmée. Elle n'était pas comme eux, un petit détail, une anomalie génétique sans doute, la rendait imperméable à leurs préoccupations, lui faisait miroiter une autre vie, une existence portée sur le travail intellectuel, ponctuée de voyages, de rencontres, de discussions dans d'autres langues. Elle avait toujours aspiré à quitter Grenoble, cette cuvette de grisaille, cette verrue coincée entre trois massifs dans lesquels une infime partie de la population se rendait régulièrement.

Dans sa chambre d'enfant, elle avait renoué avec l'angoisse de l'été précédent, l'immobilisme, la peur, le sentiment que sa vie allait lui échapper, qu'elle ne parviendrait jamais à rien, malgré une évidente bonne volonté. Elle ne pourrait plus faire l'amour avec la passion et la candeur des mois précédents, elle n'aurait plus cette imagination et cette absence absolue de crainte. Elle serait davantage sur la défensive, moins spontanée, dans la recherche d'un quelconque intérêt, dans des calculs pragmatiques raisonnables ; elle ne pourrait plus aimer avec abnégation, en oubliant jusqu'à elle-même. Elle devait trouver un *but* à cette succession de journées, elle était en théorie au sommet de sa forme physique et ne s'était jamais sentie aussi flasque et inutile. Il n'y avait aucun objectif vers lequel tendre, le sens de la vie se résumait au montant inscrit sur une fiche de paye, à remplir un réfrigérateur de produits incertains et toxiques. La vie, cette animation presque miraculeuse d'une montagne d'atomes, se résumait à de basses fonctions physiologiques. Il était illogique, voire psychotique, d'aspirer à une autre existence que celle d'un gros chat, résumant ses journées au laps de temps entre deux gamelles. Elle n'avait reçu aucune éducation musicale, aucun amour pour les arts ni pour le sport, elle n'avait aucune *passion*. La seule qu'elle ait jamais eue s'était exprimée à travers une obsession absolue pour un corps freluquet. Elle était dépourvue de désirs ; à l'orée de ses dix-neuf ans, elle s'était résolue à ne vivre que pour résoudre les petits problèmes du quotidien. Sa génération n'avait aucune guerre à laquelle s'opposer, aucune réelle difficulté, absolument aucune perspective. Il s'agissait d'un degré zéro de souffrance, une face B de l'existence.

Elle avait dressé la liste des villes dans lesquelles une potentielle installation était envisageable. La vie ne serait pas différente à Rennes et à Toulouse, elle n'avait pas même la certitude de décrocher un CDI de vendeuse de vêtements dans une franchise. Un diplôme et une *expérience significative* étaient exigés dans toute offre d'emploi. Elle pourrait travailler en boulangerie-pâtisserie, les annonces étaient nombreuses dans plusieurs départements. Elle pourrait être hôtesse d'accueil, standardiste, téléconseillère, hôtesse de caisse, assistante de vente dans la grande distribution, téléopératrice pour un peu plus de mille euros par mois. Avec le temps et grâce à d'hypothétiques futurs amis, elle rencontrerait un *gentil garçon* de son âge, elle aurait des enfants aux alentours de vingt-huit ans. Sa vie serait paisible et indolore, comme celle de ses parents.

8

Lorsque Aurélie descendit sur le quai C de la gare de Lyon, elle n'eut pas le cœur à mettre Paris au défi. Elle tirait péniblement un sac à roulettes de mauvaise qualité que sa mère avait acheté dans un bric-à-brac aux prix ronds. Elle marchait au milieu de frites grasses, journaux gratuits laissés par terre, enfants impatients, guano de pigeons urbains, balais en fibres naturelles pilotés maladroitement et rapidement par des hommes noirs à la mine exténuée. Elle eut du mal à porter son bagage dans l'Escalator en panne qui devait la conduire sous terre afin d'emprunter la ligne 1 jusqu'à Bastille. Les noms des stations la renvoyaient à des notions très floues d'histoire de France que ses professeurs successifs avaient survolées, la faute à un programme jamais terminé dans les temps. Il y avait une file d'attente importante devant le petit Starbucks dans le hall 1, le Frappuccino au caramel se vendait à plus de cinq euros au format *grande*. Elle avait choisi Paris car elle souhaitait perdre ses repères, à Grenoble elle eût pu se déplacer les yeux fermés.

Au contact d'Alejandro elle avait fini par assimiler sa ville natale à une sorte de province honteuse et minable, dans laquelle aucun intellectuel digne de ce nom ne pourrait s'épanouir. Stendhal ne trouverait pas l'inspiration dans cette ville terne, quadrillée par les lignes de tramway, dans les rues piétonnes étroites aux boutiques identiques d'un bout à l'autre du pays. Elle ne supportait plus de traverser la place Victor-Hugo, elle avait passé trop de soirées dans les bars du quartier des antiquaires à relever les cheveux de son amant lorsqu'il purgeait son foie de l'éthanol en surplus. Elle n'avait plus de ses nouvelles depuis plusieurs semaines, elle savait que ses messages l'ennuyaient – ou plutôt le laissaient parfaitement indifférent. Il avait dû reprendre ses habitudes, sympathiser avec des compatriotes dès le premier apéro, fréquenter les mêmes colocs étudiantes, draguer les vierges stupides, les vieilles filles sublimées en cougars, les baiser sur les trémolos de Thom Yorke. Il n'y aurait vu aucun problème, il avait toujours été clair : ils n'étaient pas *en couple*.

Elle ne voulait plus voir les trottoirs dégueulasses, la Fnac, la caserne de Bonne désaffectée, le parc Paul-Mistral, ses équilibristes, ses joueurs de djembé, l'avenue Rhin-et-Danube qui longe la rocade et ses immeubles affreux. Cette ville était tellement absurde que des gens avaient accepté deux décennies plus tôt de s'endetter pour acheter une case dans des tours bétonnées avec vue sur l'autoroute. Elle ne supportait plus la télé allumée en continu chez ses parents, la voix de son frère quand elle décrochait le téléphone fixe, la capacité d'émoi de ses vieux, proportionnelle au temps consacré à l'antenne à une catastrophe. Ils étaient prêts à pleurer devant un tsunami, à acheter *Paris Match* pour voir les cadavres des victimes, se réjouir de la libération d'un otage dans un pays qu'ils auraient été incapables de placer sur une carte mais parfaitement indifférents à tout ce qui ne faisait pas la une. Ils étaient de braves citoyens, des Français honnêtes et travailleurs, mais le temps d'une idylle elle avait vécu une expérience qui aurait été intraduisible dans leur langage. Elle avait beaucoup bu, beaucoup lu et beaucoup joui. Elle était sûre que ses parents n'avaient jamais connu les trois en même temps. Elle avait découvert un univers culturel dense et vivifiant. Elle voulait voir des conférences d'universitaires à la Sorbonne, aller à des cafés-débats, être dans le public de certains programmes radio, aller au théâtre, visiter Carnavalet, fréquenter des librairies hispaniques. De manière complètement désespérée, elle refusait à son destin de pauvre de s'accomplir.

*

Elle avait réservé une place en dortoir six lits à l'auberge de jeunesse Jules-Ferry. Les draps fournis ressemblaient à ceux des hôpitaux et sentaient l'humidité. Les sanitaires collectifs fermaient mal, la porte des douches en bois gondolé était recouverte d'une peinture bordeaux écaillée. Le lit était particulièrement étroit, la première nuit elle fut réveillée à trois reprises par des touristes espagnoles qui allumaient la chambre pour se prendre en photo. L'une d'entre elles portait des bas résille et une veste trop courte en strass rose bonbon ; une autre avait un sombrero vert fluo et des cuisses flasques mises en valeur éhontément par un short qui portait bien son nom. Sa voix était insupportable, elle avait un accent sec très rugueux et parlait à toute vitesse – comme si elle eût craint de mourir avant d'avoir pu débiter ses lieux communs sur la *fiesta* qui venait de s'achever – tout en léchant le sucre glace au bout de ses doigts boudinés. La troisième était déguisée en bonne sœur : il s'agissait sans doute d'un enterrement de vie de jeune fille. Le lendemain, elle prit trois fois des céréales au cacao et emporta des morceaux de baguette décongelée dans son sac à dos ; le petit déjeuner était compris dans la nuit à vingt euros. Elle était montée avec sept cents euros d'économie, ce qui lui semblait colossal. Elle devrait trouver un travail avant de chercher un *appartement*.

Elle passa sa première matinée à Paris à l'auberge, à envoyer CV + LM via la mauvaise connexion Wifi. Elle fut rappelée une vingtaine de minutes plus tard par une agence de *prestation d'accueil* située dans le XVe arrondissement. On lui demandait de se rendre le lendemain avec sa carte d'identité et en *tenue de travail* dans les locaux où elle passerait des tests de positionnement et éventuellement un entretien individuel. La femme au téléphone avait un ton ampoulé très proche de celui de Malika, la *manager en propreté*. Elle s'appelait Jennifer Lehideux, ce nom la pétrifiait d'effroi. Elle se demandait bien à quoi pouvait ressembler une tenue de travail de *chargée d'accueil* et décida de faire quelques achats judicieux afin d'optimiser ses chances de *décrocher un emploi*. Elle ignorait où était le H & M ou l'Etam le plus proche, il s'agissait des seules enseignes un peu milieu de gamme qu'elle pouvait se permettre de fréquenter ; d'ordinaire sa mère achetait ses vêtements à Babou ou dans les brocantes. Elle n'avait pas eu d'intérêt particulier pour son *look* jusqu'à sa rencontre avec Alejandro, elle avait alors tâché de faire quelques efforts. Elle avait acheté un lot de strings noirs, un brillant à lèvres, un soutien-gorge push-up fabriqué au Bangladesh, un slim noir et un haut légèrement en transparence dans une boutique tenue par des Chinois, Chic Girl ou Fashion Girl, le nom anglais de ce cloaque du textile avait été refoulé.

Elle prit le métro jusqu'à Havre-Caumartin et s'engouffra dans le H & M à la recherche d'une *tenue classe*. Elle sélectionna un pantalon droit style tailleur en polyester avec la fine ceinture en plastique brillant intégrée et un blazer noir à épaulettes avec un seul gros bouton à l'avant. L'attente devant les cabines la dissuada d'essayer les articles avant le passage en caisse. L'après-midi avait filé, elle avait déjà perdu beaucoup de temps dans le métro en raison d'un *incident voyageur*. Elle sélectionna une paire d'escarpins rose pâle à talons de hauteur raisonnable, avec une doublure en polyuréthanne. Son costume professionnel lui revint à près de cent euros. Elle racheta un ticket de métro pour rentrer à l'auberge, son pass Navigo ne serait pas disponible avant le mois prochain. Elle se promettait de frauder un maximum et de limiter ses déplacements, chaque aller-retour lui revenait à 3,60 euros, soit une soixantaine d'euros jusqu'à réception de son titre de transport magnétique. Elle n'avait pas imaginé que tant d'argent serait dépensé aussi facilement et futilement. Paris lui semblait être un gouffre financier.

Elle n'avait parlé de Paris à personne, car elle ne fréquentait plus personne. Nul dans son entourage n'y avait jamais vécu, ni même pris le temps de la visiter plus de trois jours consécutifs ; la ville était chère, mais cela faisait partie de son charme. C'était pour dépenser mal son argent pendant les congés payés qu'on l'économisait toute l'année au prix de sacrifices constants sur l'alimentation et le chauffage. On se permettait quelques jours durant un faste ridicule pour le plaisir de s'extirper de sa condition ; des pauvres de la classe ouvrière se retrouvaient à dépenser cinq euros dans un magnet ou trente euros de porte-clefs. On s'autorisait des goûters en terrasse avec des chocolats chauds trop sucrés qu'on trouvait alors délicieux, on achetait du parfum au Printemps-Haussmann, le seul produit de luxe accessible : à Paris, tout était merveilleux. C'était la capitale économique, politique, historique et culturelle. Toute la France se trouvait sous le cul de la tour Eiffel.

*

Elle s'était rendue comme convenu rue Cambronne. Le siège de l'entreprise était beaucoup plus grand qu'elle aurait pu l'imaginer. Une dizaine de jeunes femmes et un jeune homme un peu efféminé, avec une grande mèche lissée passant en diagonale sur son front aux sourcils légèrement épilés, attendaient leur entretien en remplissant un questionnaire d'une dizaine de pages. Elle nota que tous étaient mieux habillés qu'elle, elle se sentit comme une plouque endimanchée. On lui demandait d'exposer précisément son parcours académique et professionnel, sa voisine de gauche avait écrit plusieurs lignes ; Aurélie parvint à lire qu'elle avait un master de psychologie validé à Paris-VIII. Il fallait également traduire des phrases basiques d'accueil en anglais et reformuler du *langage non professionnel* ; il y avait un jargon inhérent à la profession.

Une femme d'une trentaine d'années, mince et parfaitement brushée vint la chercher. Elle se déhanchait en montant les escaliers et portait une bague en or à chaque doigt. Ses ongles étaient manucurés à la française, un minuscule papillon brillant avait été collé sur chaque index. Un petit trou à égale distance de sa narine droite et de sa lèvre supérieure indiquait la présence hors temps de travail d'un piercing. Elle devait probablement être *bonne* et vulgaire, regarder de la téléréalité et vite troquer sa tenue élégante de travail contre des sapes criardes et moulantes. Elle invita Aurélie à s'asseoir dans une petite pièce aux murs vitrés. Tout l'étage était composé de cellules d'entretien transparentes. Un ordinateur était posé sur chaque bureau, ce qui ne servait vraisemblablement à rien puisque toutes les *chargées de recrutement* ne regardaient que le questionnaire papier. La femme s'appelait Vanessa Poncero, mais elle donna d'abord son nom, en détachant chaque syllabe, comme si elle remplissait un formulaire de Sécurité sociale. Elle parla très brièvement de l'agence, *la référence dans le monde de l'accueil en entreprise, en hôtellerie, en événementiel et en standard téléphonique*. Si l'entreprise satisfaisait ses clients, c'était pour la *qualité* de ses hôtesses. Le terme sembla peu approprié à Aurélie ; Vanessa était probablement de cette nouvelle génération de faux cadres du tertiaire peu lettrée, peu créative, mais assez chanceuse pour accéder à des postes intermédiaires à peine mieux rémunérés que le Smic.

Cette classe de salariés était souvent obnubilée par sa *carrière* et aurait tué père et mère pour gravir les échelons afin d'arriver au sommet de la hiérarchie. C'était le mythe hérité des Trente Glorieuses : celui qui rentre sans qualification par la petite porte dans une *boîte* pour la quitter plusieurs décennies plus tard avec un titre prestigieux et une *bonne retraite*. En réalité, ces gens entraient par un vasistas, végétaient à des postes créés pour donner l'illusion d'une *ascension sociale* quelconque et étaient parfaitement dispensables pour la bonne santé de leur entreprise. Cette Vanessa et ses collègues recruteraient dans quelques instants la jeune bac + 5 en sciences sociales au chômage croisée plus bas.

Aurélie se présenta en tâchant d'alimenter un peu son monologue ; la réalité n'aurait tenu qu'en une seule phrase. Il était parfaitement exclu de dire : « J'ai besoin d'argent. » Elle s'était toujours demandé si la logorrhée attendue en entretien d'embauche était un exercice de style visant à prouver l'acceptation des règles du jeu, de l'hypocrisie ou un réel test de sélection considéré avec le plus grand sérieux par des recruteurs, qui avaient pourtant du mal à prononcer une phrase dans un français correct. « Mon poste d'agent d'entretien m'a inculqué un sens certain du professionnalisme. À travers cette expérience, j'ai compris à quel point il était primordial de savoir travailler en équipe, d'être autonome... Mais, bien entendu, il faut toujours suivre les consignes de son supérieur hiérarchique... »

Elle avait remarqué le sourcil en circonflexe de Vanessa se lever lorsqu'elle avait évoqué la possibilité de travailler seule. Elle expliqua qu'elle désirait poursuivre ses études de droit par le biais de l'enseignement à distance ; Paris était à l'origine de toute loi dans ce pays, ce qui lui permettrait d'avoir davantage de facilités pour assimiler les théories abordées dans ses cours. Les Parisiens étaient assez imbus d'eux-mêmes pour penser que leur présence à proximité des lieux de décision les incluait dans chaque processus législatif. Comme si être dame pipi à l'Assemblée nationale pouvait permettre de saisir toutes les nuances de l'usage du 49-3 ; ou si garder les enfants de la sœur d'une actrice assurait de recevoir un jour un César.

Elle s'était inventé une adresse rue Émile-Lepeu, dans le XIe arrondissement, sentant d'instinct qu'une boîte aux lettres en banlieue la désavantagerait. Elle était comme un marchand d'ustensiles de cuisine sur les marchés : outrancièrement flatteuse, peu convaincante, maniant un lexique convenu et tape-à-l'œil, des ficelles rhétoriques évidentes et grossières qui, pourtant, pouvaient permettre d'emballer le client avec une insolente facilité. Vanessa saisissait toutes les perches qu'Aurélie voulait bien lui tendre, cette dernière jouait à la perfection son rôle de post-adolescente craintive et intimidée. Elle avait une voix légèrement pointue, les épaules un peu voûtées et un sourire très discret qui accentuait ses pommettes ; elle serait soumise donc *professionnelle*, elle appliquerait consciencieusement chaque consigne qu'elle recevrait.

À son tour Poncero Vanessa prit la parole avec un ton bien plus naturel et une mine détendue ; elle n'avait plus à impressionner la petite. Cette dernière aurait pu supplier pour être embauchée, c'était la configuration qu'elle aimait le plus. Ce genre de jeunette lui conférait toute la légitimité dont elle voulait jouir à travers sa *position hiérarchique*. L'entreprise cherchait à recruter une *volante*, une hôtesse d'astreinte toute la journée pour être mobile sur les *sites*. Ce poste impliquait une disponibilité dès 6 heures du matin ; on pourrait alors l'appeler en lui communiquant une adresse à laquelle remplacer ses collègues. Elle devrait alors être déjà en tenue, maquillée, coiffée et prête à partir. Afin de gagner du temps, elle quitterait son domicile en baskets, ce qui lui permettrait de courir dans le métro tandis que les escarpins dans son sac à dos pourraient être enfilés à proximité du lieu de travail. Le moindre détail avait déjà été pensé. Le salaire de base était le minimum légal, réévalué en cas d'heures supplémentaires, bien évidemment.

Ce cas de figure se présenterait très souvent. L'entreprise prenait en charge la moitié des tickets-restaurant et de l'abonnement RATP. Il y avait une prime à l'habillement et à la coiffure d'un montant d'une dizaine d'euros mensuels.

« Je ne vous cache pas que ce n'est pas un poste facile. Il faut être motivée mais c'est formateur et enrichissant humainement. Il faudra éventuellement se déplacer sur le 9-2, le 9-3 et le 9-4. »

Aurélie avait toujours été frappée par la façon avec laquelle ce tic de rappeur avait réussi à s'implanter dans le langage des Français. Elle avait été élevée dans le conformisme ouvrier et un patriotisme soft, rythmé par les 14-Juillet et les chansons d'Aznavour ; les départs en vacances étaient l'occasion de jouer au jeu des plaques minéralogiques sur l'autoroute avec son père et ses frères. Elle était viscéralement attachée à son département, moins à la région Rhône-Alpes qui ne renvoyait à aucune province historique. La fainéantise intellectuelle des Français qui allait jusqu'à substituer le nom d'un territoire à un numéro lui semblait être un signe inéluctable de déclinisme moral. Ses parents ne lisaient jamais mais ne faisaient aucune faute d'orthographe, ils n'avaient que très peu apprécié le « Casse-toi pauv' con » de l'homme pour lequel ils avaient voté quelques mois plus tôt. Pour eux, élu de la République, président de surcroît, était une fonction qui impliquait une certaine tenue, un niveau d'érudition dont eux-mêmes n'auraient pas envisagé pouvoir être capables. Elle se sentait coincée entre un milieu ouvrier peu curieux, corvéable à merci, respectueux, soumis et craintif et une classe moyenne abêtie, déliquescente, qui semblait impatiente de liquider le peu de dignité sociale et intellectuelle dont elle aurait pu hériter. En un sens, elle finissait par ressentir envers ses compatriotes le même mépris teinté de pitié qu'Alejandro éprouvait envers les Colombiens. L'espace d'un instant elle se souvint de tout ce qui la liait à lui, au-delà de l'appétit pour sa chair dorée, et se sentit terriblement seule.

*

Au cours d'un après-midi exténuant, elle rentrait du Ed de Barbès et ses sacs en plastique avaient lâché sous le poids des boîtes de conserve ; un groupe de Roms en avait alors profité pour les récupérer avant de partir en courant, personne ne l'avait aidée à porter le reste de ses provisions. Arrivée à l'auberge, elle avait rangé ses courses à la bagagerie afin de ne pas se les faire dérober par un touriste trop fatigué pour aller à la supérette située à cent mètres de là. Chaque fois qu'elle ouvrait son coffre elle perdait une pièce de deux euros. Elle ne mangeait que froid, n'avait pas accès aux cuisines. Elle menait une vie de camping onéreuse et éreintante, elle n'avait toujours pas visité un seul musée.

Aurélie avait battu des records de rapidité pour trouver du travail. Elle commença sa première journée en tant que volante le lundi suivant son entretien. Elle avait récupéré un tailleur strict, à peine mieux que celui de H & M, fourni par l'entreprise. Les cheveux détachés et les ongles non entretenus étaient considérés comme une faute professionnelle. Elle serait en période d'essai pendant deux mois avant confirmation de son CDI. Elle s'était levée le premier jour à 5 h 30 afin d'être disponible à 6 heures. Elle s'était maquillée dans le miroir fissuré des sanitaires collectifs, aux côtés de touristes allemandes qui se démaquillaient en rentrant de boîte de nuit. Elle s'était habillée discrètement dans le dortoir, elle le partageait cette nuit-ci avec deux personnes à qui elle n'avait pas fait l'effort de demander le prénom ou la nationalité. Elle parlait très mal anglais et avait déjà remarqué que Paris ne rendait pas avenant. Elle était déjà épuisée moins d'une semaine après son arrivée.

9

Dans les premiers trains de la journée, les mines sont tristes, le teint blafard, les yeux pochés, les mains se referment très mollement sur un croissant sous blister ou une briquette de jus de fruits. La lumière dans les wagons met en valeur les traits tirés et la mâchoire crispée ; aux correspondances, la foule retrouve sa vivacité pour courir dans les couloirs, les corps épuisés se pressent de crainte d'arriver en retard. Les vendeuses en boulangerie franchisée, les plongeurs, les balayeurs, les cuisiniers, les mécaniciens, les assistantes maternelles, les auxiliaires de puériculture des haltes-garderies, les infirmiers, les étudiants, les kiosquiers, les livreurs se déplacent en silence avant d'endosser leur rôle et de nouer leur tablier pour le public ; ils sont le souffleur du théâtre parisien. Certains viennent de très loin et se sont levés très tôt, le métro à 6 heures est la dernière étape de leur voyage. Les trajets domicile-lieu de travail s'étendent désormais sur près de cent kilomètres. Quelques jours auparavant, Aurélie avait trouvé une annonce pour un appartement situé dans l'Oise, présentée comme la quatrième couronne de Paris. Il était presque exceptionnel de trouver ce F2 à soixante kilomètres de Saint-Lazare pour seulement 580 euros charges comprises.

À La Défense, Aurélie avait dû lever les yeux pour trouver le bâtiment vers lequel on l'avait envoyée. L'adresse que Bérengère lui avait communiquée était inutile, aucun écriteau n'indiquait le nom des rues ou des grandes places. L'endroit s'appelait La Défense mais les rues n'avaient de nom que pour la poste. Nul n'avait pu la renseigner, tous étaient pressés. Elle s'était présentée avec quelques minutes d'avance à la minuscule banque d'accueil d'un immeuble gigantesque et s'était empressée de joindre le serveur vocal de son employeur afin de pointer ; elle tenait à sa prime d'assiduité de vingt-trois euros par mois.

En un coup d'œil elle avait compris le caractère indispensable de sa profession dans ce contexte. Bien que les employés puissent entrer seuls grâce à leurs badges, un hall d'accueil vide était inimaginable et trop anxiogène. Les hôtes étaient bien habillés, souriants et disaient bonjour systématiquement à tous les passants ; ils étaient comme des joueurs d'accordéon dans les rues touristiques des capitales européennes. Le blazer noir était leur costume folklorique. Aurélie fut formée en quelques minutes par une jeune femme d'une trentaine d'années, malgache d'origine tamoule et mère de deux enfants. Elle ne travaillait qu'à mi-temps sur ce poste avec Bertrand, l'homme à remplacer. L'organisation de sa journée lui laissait un battement suffisant pour aller chercher ses filles à l'école et préparer le repas. Elle vivait avec sa belle-mère, son mari et ses enfants dans un deux-pièces à Clichy ; elle avait sacrifié l'espace pour avoir la garantie de vivre dans une banlieue *paisible* et *bien fréquentée*. La belle-mère dormait dans la seule chambre de l'appartement. Eux quatre dormaient sur des lits superposés dans le salon, ce qui allait poser problème avec la puberté approchant des petites et avait complètement ruiné sa vie maritale.

« C'est terrible, mais parfois je me dis que ce sera plus simple quand elle sera morte. Chez nous on prend les vieux à la maison, c'est comme ça. Vivre les uns sur les autres ne nous dérange pas mais ici… On se fait à ce mode de vie avec les enfants qui veulent faire du sport, de la musique, qui ont des jouets à plus savoir quoi en faire. Si tes gamins n'ont pas un vrai espace de travail pour les devoirs on te parle de risque d'échec scolaire. La précarité matérielle, même choisie, ce n'est pas accepté. On veut que tu vives dans le confort, c'est un droit. Tout est un droit, il n'y a que des droits. Mais tu as beau acheter des vêtements d'occasion, manger les produits les moins chers, ne pas aller au cinéma, tu ne t'en sors pas. Le loyer me bouffe tout mon salaire. Alors mon mari travaille de nuit, son épicerie est ouverte de 18 heures à 2 heures tous les jours, je ne le vois plus. On a revendu notre voiture. Je sais qu'il travaille dur pour l'avenir des petites, mais quel avenir vont-elles avoir s'il faut leur payer des études, le permis ou se porter caution pour un appartement et qu'on n'a pas assez ? On ne voit plus nos familles, nous sommes allés à Madagascar pour la dernière fois il y a sept ans. On économise comme on peut pour l'avion. »

« J'avais beaucoup d'amis qui venaient ici juste pour les études et qui attendaient de rentrer au pays pour tout changer. Ils pensaient qu'en validant un diplôme en Europe ils rentreraient en Afrique pour faire de la politique ou créer une association. Puis le renoncement les a gagnés. Ils préfèrent bosser ici comme agents de sécurité ou femmes de ménage que rentrer chez eux. En France, même un pauvre a sa machine à laver et l'hôpital gratuit. Alors, rentrer pour changer les choses... Je ne juge pas, je comprends parfaitement. Ici tu n'as qu'à appuyer sur un bouton pour avoir de la lumière, les bus partent et arrivent à l'heure... Tu rentres au bled et les enfants te sautent dessus, tous tes cousins traversent le pays pour venir te demander de l'argent. Tu débarques comme si tu avais l'obligation de prendre en charge toute la smala. Tu vois le bordel que c'est sur la route, la politique qui n'a pas changé en dix ans, tu regardes la télé et tu as pitié des émissions de variétés, tu supportes pas les ruptures de courant plusieurs fois dans la journée. Tu vois les gens qui ne font rien parce qu'il n'y a pas de travail, ils peuvent passer la journée assis. Tu deviens folle quand tu vois ça. Sans le savoir, tu t'es européanisée, tu penses à ton pays d'origine comme à un pays du *tiers monde* avec de la pitié et de la honte. Tu as des souvenirs d'enfance à dix mille kilomètres d'où tu as accouché, tes enfants ne comprennent pas ta langue maternelle. Tu n'es plus chez toi nulle part. Tu ne seras jamais française complètement, tes enfants le sont déjà. »

Elle lui montra le logiciel spécifique pour les badges des visiteurs occasionnels. Il suffisait de rentrer le nom, le prénom, la date et cocher une petite case pour lancer l'impression.

Une boîte en plastique avec des petits intercalaires servait à classer par ordre alphabétique les pièces d'identité qu'ils laissaient en garantie et récupéraient avant de partir. Le badge à code-barres suffisait pour ouvrir les barrières de sécurité. Parfois, il faudrait communiquer les codes d'ascenseur, les mémos des phrases types en anglais étaient rangés soigneusement dans les pochettes plastique d'un gros classeur posé à côté du téléphone. La plupart du temps il ne sonnait pas, les gens appelaient sur la ligne directe de leur interlocuteur. Les hôtes n'avaient pas le droit de boire ni de manger sur leur poste. Il était défendu de lire ou d'apporter des effets personnels. Parfois, une *responsable de sites* pouvait faire une visite inopinée afin de vérifier le respect des règles et inspecter la propreté des ongles et de la tenue de travail. Porter un jean pouvait déboucher sur un blâme et être consigné dans le dossier de l'employé. L'entreprise avait signé une charte de bonnes pratiques et reçu une certification Iso. Chaque hôtesse devait être irréprochable et professionnelle jusqu'à la cuticule.

La première matinée de travail lui avait laissé un insupportable sentiment de ridicule et de honte. Son travail consistait à sourire et à espérer qu'on vienne lui demander de réserver un taxi ; le numéro était préenregistré dans le téléphone. La plus hypocrite de ses nouvelles attributions professionnelles était celle qui consistait à avoir l'air d'être occupée. Aucune tâche n'était attribuée aux hôtesses mais il était très mal vu par les clients que l'une d'entre elles soit payée à ne rien faire. Il fallait donc rester devant l'ordinateur sans connexion internet et se lancer dans d'interminables parties de solitaire en gardant la mine sérieuse d'une personne investie dans son travail, ouvrir le classeur et faire mine de rechercher un document, appeler l'horloge parlante afin d'être aperçue au téléphone. L'annonce Pôle emploi à laquelle Aurélie avait répondu pour ce poste stipulait qu'aucun recrutement ne s'effectuerait à un niveau de qualification inférieur au baccalauréat.

À la pause déjeuner, elle avait acheté un sandwich au poulet à Pomme de pain et un smoothie de légumes verts en petite bouteille. En lisant l'étiquette elle comprit que le jus était principalement composé de concentré de pomme, d'orange et de moins de 5 % d'épinards et de brocolis. Le tout lui était revenu à huit euros, un prix calculé pour correspondre au montant de la majorité des tickets-restaurant en circulation. Elle luttait contre le sommeil ; elle s'était levée aux aurores pour être inactive toute la journée. Les hommes des services de propreté passaient près des marches et des murets de l'Esplanade Sud afin de récupérer avec des pinces les gobelets et les emballages plastique laissés par les travailleurs de la finance, des assurances et les nombreux employés des sièges sociaux implantés dans le plus gros quartier d'affaires d'Europe.

Le hall d'accueil était excessivement lumineux. Sur le carrelage impeccable et réfléchissant tapotaient les talons des chaussures étincelantes à bout carré des hommes pressés. Les femmes avaient les cheveux tirés ou des brushings qui formaient d'énormes boucles sur les pointes de leurs cheveux, leur maquillage était léger, les cadres dynamiques portaient des sacoches en cuir, carrées elles aussi. Quelque chose dans leur allure révélait une confiance en soi infaillible, une dynamique dans leur pas indiquait qu'ils avaient des choses importantes à faire. Ce rythme, Aurélie ne l'avait jamais perçu ni même observé chez ses parents et leurs amis ; ces derniers ne prenaient pas de décisions, n'avaient pas le monde à la portée de leur main, leur univers mental se limitait aux frontières départementales. Leurs vêtements étaient des dérivés de l'industrie pétrochimique, tout comme les emballages autour des aliments qu'ils consommaient.

D'immenses affiches avec des visages juvéniles de toutes ethnies vantaient une mondialisation heureuse, l'entreprise était implantée dans plus de cent cinquante pays. Des slogans optimistes en anglais et lettres capitales blanches étaient inscrits sur les écrans plasma disséminés un peu partout dans le hall ; ils diffusaient en continu des images de Rio sous le soleil, Shanghaï by night, New York sous la neige et la tour Eiffel illuminée. Aurélie était seule l'après-midi, elle se tenait droite sur sa chaise et son visage dépassant de la banque d'accueil était encadré de deux ikebanas. Elle se sentait serrée dans son tailleur *low cost*. Son maquillage coulait, elle avait acheté un mascara premier prix chez un grossiste chinois qui laissait ses paupières bouffies. Elle se sentait miséreuse dans cet accoutrement. Elle savait qu'elle n'existait pas au milieu de cette grande cour dans laquelle elle avait été invitée par erreur. Ses parents au téléphone étaient enthousiastes, leur fille était à La Défense, ils s'arrêtaient là. Elle aurait pu récurer les chiottes d'un Hilton et le nom seul du lieu de travail aurait suffi à les gonfler d'orgueil. Elle était seule dans une ville de douze millions de personnes.

10

Se lever avant le réveil par horreur de l'entendre sonner. Sentir la bouche pâteuse, des maux de gorge, une très légère migraine liée au manque de sommeil, des yeux gonflés et brûlants, s'habiller à la lumière du portable, entendre les ronflements des touristes, le grésillement des néons du couloir, se maquiller grossièrement, remettre des sous-vêtements lavés à la main et mal séchés, enfiler ses baskets avec son tailleur, mettre les escarpins en faux cuir dans le sac à dos. S'endormir en ayant froid, se déshabiller en tremblant, se draper d'une élégance discount qui ne protège pas de l'hiver. Partir discrètement, marcher vite dans la nuit, rejoindre la station de métro, valider le Pass Navigo, pousser le portail crasseux de la pointe des doigts, observer les réclames sur les murs carrelés, les fuites d'eau laissent des traces brunes, partez en voyage pour

39,99 euros seulement, taxes non incluses, haut bikini H & M sur jeune femme blonde filiforme, palmiers, plages, séjour tout compris en Crète, slalomer entre les vendeurs de fruits, de DVD pirates et de posters plastifiés, bloquer sa respiration, odeurs insupportables, aveuglée par la lumière des wagons, courir, correspondance à ne surtout pas rater, guetter le signal réseau sur le téléphone, recevoir la confirmation du lieu de travail par texto, la responsable fait des fautes d'orthographe. Les publicités proposent des espaces de stockage à la location en périphérie, des cours de soutien scolaire avec déduction d'impôts, des entreprises de services aux particuliers avec des bonniches radieuses, des classes intensives d'anglais : deux personnes en costard se serrent la main.

Aurélie était à Paris depuis un peu plus de deux mois, elle avait validé sa période d'essai et pouvait se lancer dans la recherche périlleuse d'un logement. Elle avait été hôtesse dans un prestigieux cabinet d'avocats du VIIIe arrondissement, dans une centrale d'appels pour une chaîne de la grande distribution à Rungis, dans un musée très réputé, dans divers sièges sociaux, dans les locaux d'une société de production audiovisuelle. Elle avait traversé toute la petite couronne en bus, transilien et métro. Certains déplacements prenaient quatre heures aller-retour, ce temps de transport n'était jamais rémunéré. Elle avait fondu, il avait fallu changer deux fois de tailleur. Elle se nourrissait mal, irrégulièrement, de carottes râpées en boîte plastique et sandwiches au poulet recomposé ou au surimi. Elle avait promis à sa mère d'effectuer une prise de sang afin de détecter une éventuelle anémie. Le laboratoire d'analyses était ouvert sur ses horaires de travail, la secrétaire médicale aurait demandé une ordonnance. Elle n'avait pas de médecin traitant à Paris, pas effectué les démarches administratives auprès de la CPAM. Pour cela, elle aurait dû aller dans un cybercafé afin d'imprimer le courrier. Cela lui aurait coûté une journée.

Elle se sentait connectée à tous les balayeurs, soudeurs, employés du bâtiment, dames pipi, chauffeurs de bus, distributeurs de journaux gratuits qui travaillaient déjà quand elle se réveillait. Son tailleur mettait de la distance entre elle et eux, il aurait été difficile de leur expliquer que de nombreux smicards pouvaient travailler endimanchés ; si les ouvriers et assimilés n'y voyaient que du feu, les principaux concernés voyaient très bien la différence dans la qualité de l'accoutrement. Elle avait acquis un ton parfait au téléphone, elle avait *le sourire dans la voix* que lui avaient demandé ses responsables, appris quelques mots de russe et de mandarin pour les sites d'accueil les plus prestigieux. Elle avait atteint une forme de perfection dans son travail absurde. Elle était ponctuelle, souriante, cochant la feuille des appels à compléter lorsqu'elle était standardiste. Comme son père à l'usine, elle était une bonne employée, discrète, toujours disponible. Elle avait été *bien élevée*. Elle avait assimilé tous les codes et jargons de ses différents lieux de travail : NR pour appel entrant, MP pour appel redirigé, JM pour appel sans interlocuteur. Ces codes permettaient de complexifier un travail monotone et très peu intellectuel. Certaines hôtesses prenaient leur rôle très au sérieux et donnaient l'impression de crouler sous les responsabilités. Elle avait déjà remarqué chez ceux qui occupent trop longtemps des emplois subalternes peu valorisants cette capacité à surestimer leur rôle, le désir impérieux de se sentir indispensables, de mettre les petits nouveaux au pas, de crainte que ces derniers ne s'aperçoivent trop vite de la supercherie pour laquelle ils ont signé.

Les fins de semaine, elle dormait jusqu'à plus de midi et tentait quelques excursions en proche banlieue afin d'éviter les grands boulevards. Elle avait visité Fontainebleau et Versailles ; le patrimoine était beau, il renvoyait l'image d'une France majestueuse et puissante qu'elle n'avait jamais connue. La France sous cloche, ses vins et ses fromages, ses coteaux et son littoral, sa mode, son raffinement émoustillaient des Américains et des Chinois acculturés. Les Français, eux, se nourrissaient de tomates andalouses et de fromage discount, le pays dans lequel ils vivaient était la première destination touristique mondiale ; ils étaient devenus malgré eux des gardiens de musée.

Elle aimait marcher dans le bois de Vincennes, dans cette poche de nature urbanisée qui lui donnait le sentiment d'être *au vert*. Elle allait parfois boire un café et échanger des banalités avec des collègues qui prenaient des photos de leur boisson Starbucks pour les poster sur les réseaux sociaux. Le soir, elle économisait l'auberge en restant toute la nuit aux Furieux, un bar rock à Bastille. Elle aimait s'asseoir dans le fond sur un vieux canapé rouge avec un livre. Les gens venaient spontanément lui adresser la parole, la socialisation était d'une déconcertante facilité. Elle se faisait payer plusieurs demis, pour le plaisir de discuter. Au contraire de Grenoble où la prise de contact était très vite suivie de sous-entendus graveleux, l'œil libidineux et la voix grasse, les Parisiens avaient un besoin névrotique de parler. Le travail était souvent au centre des discussions. Ils convenaient très rapidement de l'absurdité de leur vie, mais aucun n'envisageait de quitter la ville. Ils redoutaient l'ennui de la province et son rythme au ralenti, bien que vivre à Paris ne leur permette que très rarement de profiter d'expositions ou d'événements culturels particuliers. Les conversations pouvaient quelquefois prendre une tournure très superficielle, notamment avec les étudiants de passage. Ils avaient un sac à dos de randonnée, des baskets de ville et une barbe de quelques jours bien entretenue. Ils étaient dans la majorité des cas fils d'ingénieurs, de médecins ou de militaires, originaires des Yvelines ou de la province acceptable pour un Parisien : Haute-Savoie, Côte atlantique, arrière-pays provençal, Bretagne côtière, Normandie reliée à la capitale en une heure. Ils trouvaient Paris ringarde, plus ennuyeuse que Londres, trop chère, mais c'était la seule ville de France qui trouvait grâce à leurs yeux. Ils n'étaient pas méchants mais elle peinait à croire qu'elle avait grandi dans le même pays qu'eux. Ils n'avaient pas à travailler à la sortie des cours et trouvaient des stages avec une insolente facilité. Étudiants jusqu'à vingt-cinq ans, ils avaient déjà voyagé dans une dizaine de pays. Ils méprisaient les syndicalistes, rêvaient du cosmopolitisme mondialisé mais associaient les mots « Arabes » et « racailles », « Roms » et « voleurs ». Ils prétendaient lutter contre les discriminations LGBT, vantaient les mérites du libéralisme économique, considéraient que la France était un pays agonisant et post-soviétique, ils votaient socialiste.

Ses amis d'un soir parlaient bien plus qu'elle sans en ressentir la moindre gêne. Ils la quittaient le plus souvent sans lui avoir demandé son nom, reconnaissants et soulagés, comme après un coït tarifé sublimé. Elle se plaisait à les écouter et assister à cet instant d'abandon. Elle aimait attraper leur regard, arriver à la minute à laquelle les étudiants confessent étudier sans envie, les cadres reconnaissent ne pas mériter leur salaire, les professeurs s'avouent dépassés, les informaticiens admettent contribuer à un monde qu'ils n'aiment pas et dont ils sont malgré eux devenus les dépositaires. Ces derniers délaissaient leur ordinateur les week-ends et aimaient acheter au marché, lire des vieux livres, fréquenter les boutiques des arrondissements excentrés, prendre des cours de mécanique ou de tricot, avides d'un savoir empirique et manuel, en quête incessante de produits artisanaux et de sensations non relayées sur la Toile. Lassés de la vie virtuelle, ils venaient chercher un ami réel le temps d'une soirée. Aurélie était mutique ou réécrivait des pans entiers de sa vie, ne donnait jamais son âge. Toutes ces rencontres étaient autant d'opportunités pour jouer la comédie. Elle aimait surtout se nourrir du vécu des personnes qu'elle rencontrait, écouter leurs anecdotes de voyages, regarder parfois la photo de leurs enfants. Il y avait chez tous ceux qu'elle croisait la semaine dans la plus parfaite indifférence de la sensibilité, une sincérité de quelques brefs instants qui l'émouvait, sans qu'elle puisse expliquer précisément pourquoi. L'animosité qui l'habitait lorsqu'elle prenait le métro laissait la place à une franche sympathie, une bienveillance et une légèreté qu'elle découvrait avec stupéfaction.

Lorsque le bar fermait, elle demandait l'hospitalité. Elle était hébergée dans des deux-pièces minuscules, toute une vie sur des étagères, optimisation d'un espace confiné, chaque centimètre est précieux. Son hôte dépliait un canapé-lit, elle se couchait maquillée et un peu sale. Elle dormait mal, habillée, avec le souci de repartir de bonne heure. Elle ne voulait pas se doucher chez eux, partager le petit déjeuner, être témoin de leur embarras le lendemain, gênés sans pour autant l'avoir mise dans leur lit, ayant partagé avec elle une autre intimité, dans ce contexte contre lequel ils crachaient leur aversion quelques heures plus tôt. Elle repartait sur la pointe des pieds, laissant un mot pour remercier.

11

Aurélie ne disposait que de très peu de temps au cours de la semaine afin de trouver un appartement. Elle gardait ce mot en tête bien que les surfaces proposées à la location ne dépassaient que très rarement vingt mètres carrés. Elle consultait les annonces sur Particulier à Particulier lorsque le *site* sur lequel elle avait été affectée lui permettait d'avoir accès à Internet. Elle notait dans un petit carnet les numéros afin d'appeler pendant sa pause déjeuner, les *biens immobiliers* étaient en général loués dans l'heure suivant la parution de l'offre. En un mois de recherches intensives elle avait déjà noirci les pages d'un Moleskine, le seul objet de bonne qualité en sa possession. Elle poursuivait les visites infructueuses les samedis et dimanches.

Elle assistait aux visites plus qu'elle n'y participait ; celles-ci étaient menées en groupe, avec toujours un minimum de dix personnes, presque une par mètre carré. Il était souvent question de frais d'agence exorbitants pour des sociétés immobilières au statut un peu trouble, de cautions de deux mois de loyer à régler avant l'emménagement, ce qui était illégal mais parfaitement toléré. Lorsque des étudiants étrangers en échange universitaire pour un semestre se trouvaient dans la bande des postulants, ils étaient prioritaires ; les bailleurs aimaient ces locataires peu regardants et renouvelables à l'envi. Elle avait visité plus d'une fois des appartements sous les toits avec toilettes sur le palier. Rue des Martyrs, dans le XVIIIe arrondissement, l'escalier menant aux treize mètres carrés était trop étroit pour une seule personne, chacun avait monté les marches défoncées de profil. Une quinquagénaire décolorée en jupe crayon avait vanté les mérites de la vie de bohème en expliquant qu'il n'y avait pas de douche, il s'avérerait nécessaire pour l'heureux occupant des lieux de mettre un tuyau au robinet et de se laver dans une bassine au milieu de la pièce. C'était ainsi que les gens se lavaient dans son enfance, avait-elle ajouté avec un rictus professionnel. Elle portait un mois de loyer parisien aux pieds, elle n'avait pas dû se passer d'une vraie salle de bains depuis près de quarante ans et aurait sans nul doute préféré se tuer que vivre dans ce qu'elle proposait à des salariés désespérés. La situation était plus que favorable aux marchands de sommeil, déjà les caves et les garages se louaient clandestinement sur des sites de petites annonces.

Les parents d'Aurélie n'étaient pas imposables ; son dossier était mince, elle n'avait que trois fiches de salaire, au montant à peine supérieur au Smic. Elle n'était pas à Paris pour poursuivre un cursus prestigieux qui puisse lui attirer la sympathie des propriétaires, elle n'avait pas d'ami bien placé, de garant aux revenus confortables, de grands-parents à la tête d'un patrimoine imposant. Les pièces exigées au téléphone pour constituer le dossier variaient selon les annonces ; elle se demandait s'il n'y avait pas un plaisir pervers et voyeur chez certains ; elle s'attendait à ce qu'on lui demande une attestation de bonne santé du gynécologue ou le certificat de baptême de sa mère. Il n'y avait aucun contrôle, le marché immobilier parisien était le seul domaine de France parfaitement déréglementé, voire anarchique. Cette ville avait besoin de sa force de travail mais ne la voulait pas entre ses murs. Cette ville grise, triste et gothique était un lieu de vie pour privilégiés. Pour pouvoir louer il fallait percevoir un salaire équivalent au minimum à trois fois le montant du loyer ; le loyer moyen était de cinq cents euros – sans les charges – pour la surface de sa chambre d'enfant à Fontaine.

Elle avait décidé de se rabattre sur la banlieue. À Fontenay-aux-Roses, elle avait visité une chambre dans une grande maison située à vingt minutes à pied de la gare RER. La pièce mesurait neuf mètres carrés, sans rangements ni étagères, elle devrait apporter ses propres meubles. Les vêtements de l'habitante d'alors étaient rangés dans des cartons, ses culottes séchaient sur le radiateur, ses livres empilés faisaient office de table de nuit ; la pièce était occupée par le seul lit, les déplacements ne s'effectuaient que sur les côtés, la porte s'ouvrait en déplaçant des classeurs de cours posés à même le sol. Le loyer était de trois cent quatre-vingt-dix euros, le dépôt de garantie légèrement inférieur à huit cents. La salle de bains au rez-de-chaussée comprenait une douche aux portes vitrées coulissantes un peu crasseuses, une serviette moisie et humide servait de tapis de bain collectif, le miroir au-dessus du lavabo jauni était fissuré. Il y avait encore les traces du dentifrice recraché par les locataires et jamais rincé ; un fil d'étendage du linge traversait la pièce. La cuisine commune disposait d'un unique réfrigérateur dans lequel les six locataires stockaient leur nourriture, le propriétaire se déchargeait du vol des denrées. Après des *histoires* entre d'anciens locataires, il était désormais toléré que chacun garde sa nourriture dans sa chambre. Chacun avait sa vaisselle et était chargé de laisser la cuisine propre après s'être préparé à manger. Les toilettes étaient à partager avec une demi-douzaine d'autres habitants.

Le propriétaire avait ainsi mis à la location le pavillon hérité de ses parents, il habitait désormais dans la Beauce avec sa femme et ses enfants, il détestait Paris. Il y avait un petit jardin auquel chacun avait accès. Un coup d'œil rapide permettait d'imaginer la maison quelques décennies plus tôt : la campagne à quelques kilomètres de la capitale, un clapier, un poulailler, un minuscule potager, une vraie famille, une vie encore humaine.

La famille n'avait plus sa place, les lieux de vie étaient devenus sinistres, quitter Paris prenait une heure ; les voies ferrées, les centres de tri, les stations d'épuration, les zones commerciales occupaient d'anciens parcs, d'anciens champs, les cours d'eau étaient pollués, l'air irrespirable. Seuls les Tokyoïtes et les Mandarins en quête de frissons chics pouvaient assimiler Paris à une jolie capitale européenne. Il n'y avait plus ni charme ni culture, mais des franchises internationales, des comédies musicales grotesques, toujours les mêmes depuis dix ans, dans toutes les grandes villes occidentales, des concerts classiques de musique d'attente au téléphone, des selfies dans d'anciens lieux saints. Comment se nourrissait Paris ? Quelle était donc cette vie hors sol, cette population abattue, maintenue dans cette arène par un prestige dérobé aux siècles passés ? Tout ce stress, ces lignes de métro entrecroisées, ce réseau interurbain interminable, cette banlieue qui s'étend jusqu'aux régions limitrophes, cette dizaine de millions d'habitants ne suffisaient plus à donner une âme à cet ensemble de grands ensembles. La ville était une succursale de grands groupes apatrides, on n'y vivait pas autrement que dans n'importe quelle autre giga-ville du monde.

Elle avait fini par comprendre. Il n'était plus possible de le nier, elle était sacrifiée sur un autel de bêtise et de renoncements. Elle travaillerait, dans des positions d'infériorité humiliante, on exigerait d'elle qu'elle ne dorme jamais plus de six heures consécutives, qu'elle ait les ongles propres, qu'elle pointe au téléphone comme à l'usine, on vérifierait sans cesse la qualité de ce qu'elle aurait fait ou produit, elle avalerait toute sa vie du jargon de management, elle vieillirait dans des postes mal rémunérés, surveillée par des supérieurs interchangeables, tandis qu'elle s'enliserait professionnellement, comme son père ouvrier depuis des décennies, encadré par des contremaîtres gonflés d'importance. L'*ambition* pour sa caste n'était pas une qualité mais une utopie ou une lubie, ce n'était pas pour elle, elle devrait cesser d'envisager toute évolution, on appellerait ça *l'humilité* ou *la raison*. Elle travaillerait toujours plus pour un logement insalubre, se nourrissant d'aliments emballés dans du plastique. Ce qu'elle mangerait perdrait en goût et en vitamines, elle ne lirait plus ; épuisée, elle rentrerait chez elle et s'abreuverait de téléréalité, de fictions lourdingues et mal écrites, voterait à droite en ayant honte de coûter aussi cher à son employeur, trouverait normal le niveau de vie des politiciens, justifierait l'étalage des richesses des élites *parce qu'il n'y a pas de honte à être riche* et qu'il en faut *pour faire vivre les autres*, fustigerait les gauchistes et ses compatriotes « qui feraient mieux de travailler plutôt que manifester ».

Elle adopterait une posture patriotique nullement motivée par une fierté saine, un amour de la terre ou une affiliation culturelle mais une peur névrotique du changement – pas de burqa dans mon Carrouf. Elle vivrait avec un homme stupide, auquel elle serait habituée à défaut d'être amoureuse, la passion exige une énergie dont elle se déferait d'année en année. Son *mec* serait un éternel intérimaire, elle serait en CDI sur un poste de standardiste dans un préfabriqué de Zac aux abords d'une nationale, elle répéterait inlassablement les mêmes phrases avec un ton dynamique et professionnel, pour vendre des fournitures de bureau, des doubles vitrages, des machines-outils ou des formations à tarif préférentiel. Ses appels seraient enregistrés afin d'évaluer la *satisfaction client*. Il faudrait toujours viser l'excellence pour des miettes de primes qu'empocheront ses supérieurs hiérarchiques, eux-mêmes soumis à la pression du responsable région. Elle ne travaillerait jamais pour un client mais toujours pour un *prestataire de services*, qui signerait des contrats juteux avec des partenaires, elle ne percevrait en bout de course que des dixièmes de montant de contrat, elle serait ouvrière du tertiaire. Elle peinerait à partir en vacances, ne fréquenterait que ses collègues de travail.

Le mariage et la maternité lui semblaient inaccessibles. S'il subsistait en elle le désir inavouable d'être aimée et désirée, de ressentir à nouveau l'appétit pour la chair, elle savait que les hommes de sa génération ne lui apporteraient pas ce bonheur ; abreuvés de pornographie, obsédés par le *fun* et l'image du jeune qui *s'éclate*, le couple était le dernier de leurs souhaits. Ils voyaient la femme comme une marchandise convoitée et qui devait correspondre à leurs désirs de consommateurs, désirs dictés par des publicités aux corps retouchés : chevelure sauvage mais savamment coiffée, corps ferme dépourvu des rondeurs caractéristiques de la féminité, abdominaux en béton, pubis glabre, seins énormes mais qui tiennent tout seuls. La femme parfaite était une actrice de cul, qui accepte tous les fantasmes dictés par l'industrie du X sans les remettre en question ; elle l'avait compris avec son premier piteux amant qui voulait l'enculer sans lui demander son avis, comme si son anus avait été un deuxième vagin, lui qui comme beaucoup d'autres fantasmait sur une chatte de petite fille devenue par un pervers retournement de valeurs le symbole absolu de la sexualité accomplie, bien que soumise aux désirs de l'homme seul. Ils étaient des millions à être intimement convaincus que leur goût pour le sexe enfantin, l'éjaculation faciale et la sodomie était avant tout personnel, que la pornographie n'influençait nullement leur imaginaire.

Quelque chose la révulsait chez les hommes, elle se souvenait des regards concupiscents qu'il lui avait fallu supporter dès sa puberté, les pères de ses camarades de classe regardaient le début de ses seins poindre sous son débardeur, elle avait porté son premier soutien-gorge non pas par nécessité mais pour dérober ses tétons durcis à la vue d'hommes qui avaient trois fois son âge. Il n'était pas question qu'ils s'empêchent de reluquer une gamine qui avait l'âge de leur propre enfant, c'était à elle de se cacher. Reconnaître le potentiel sexuel d'une fillette de douze ans n'était pas de la pédophilie mais une forme extrêmement sophistiquée d'érotisme.

Quelques mois plus tôt elle avait envoyé un courriel de courtoisie à Alejandro et il n'avait jamais répondu. Il lui avait pourtant semblé que quelque chose d'intense et de sincère existait entre eux, elle avait encore une image très nette de lui sur elle quand ils faisaient l'amour ; son regard était brûlant. Il n'était pas chargé d'amour mais de désir. Les hommes ne disent pas de belles choses parce qu'ils aiment ou sont amoureux mais parce qu'ils sont transis d'envie de pénétrer un corps, cette évidence elle la comprenait enfin. Elle avait toujours entendu des lieux communs sur l'obsession des hommes pour le sexe, leur incapacité génétique à la fidélité, leur talent pour mentir et leur énergie pour mener des doubles vies, elle avait espéré que tout cela n'était que des légendes véhiculées par des femmes blessées. L'amour des hommes devait sûrement exister, mais c'était une chose très volatile, sûrement très faible pour qu'elle ait quasi disparu en l'espace d'une seule génération, une fois que ces derniers n'étaient plus soumis socialement à l'obligation de fonder et entretenir un foyer.

Les femmes, elles, seraient toujours prêtes à mourir pour un homme qu'elles penseraient être unique, le seul apte à les faire jouir ; les hommes considéraient les femmes comme à leur disposition, elles devraient lutter pour être plus désirables que leurs congénères, se faire toujours plus belles, plus minces, plus toniques. Au contraire du règne animal, ce n'était pas à l'élément masculin de se battre pour conquérir la femelle qui assurerait la perpétuation de l'espèce mais à la femelle de se battre pour avoir l'honneur de se faire pénétrer dans le cadre d'un rapport sexuel stérile. Ce retournement de situation permettait à des acteurs du marché d'enregistrer des bénéfices records pour des biens et services marchands dévolus à la seule modification constante du corps féminin : rasoirs jetables, séances d'épilation à la lumière pulsée, fers à lisser, boucler, onduler, extensions capillaires, faux ongles, faux cils, lingerie push-up, strings, tangas, lingerie de pute devenue classe grâce à des campagnes de publicité très bien ficelées, sublimation de pratiques sexuelles déviantes en *jeux coquins* avec lots d'accessoires manufacturés en Chine, gants de crin anticellulite, injection de caféine dans les cuisses, acide botulique dans la ride du lion, colorations chimiques, crème BB, crème CC, fond de teint, base de teint, blush, fard à paupières, rouge à lèvres mat, nacré, glossy. Une technologie de pointe pour brûler ses poils au laser, des sommes d'argent colossales en mammoplasties, liposuccions et séances de sport en salle.

Aurélie était très jeune, elle avait encore de nombreuses années devant elle et cette perspective ne la réjouissait pas. Elle n'entrait pas dans de grands délires mystiques pour savoir s'il y avait une vie après la mort, mais une avant.

12

Alejandro n'était *pas prêt pour une relation*, il tenait à se consacrer à ses études et ses *projets*. Aurélie lui enviait malgré elle son égoïsme, comme une vertu, et cette capacité à ne considérer le monde qu'à travers lui. Aucune ville dans laquelle il pourrait décider de se poser ne l'aurait effrayée. Pour jouir de sa présence elle trouvait en elle l'audace qui lui faisait naturellement défaut pour tout. Elle n'avait absolument aucun projet, le seul objectif de sa vie avait été l'obtention du baccalauréat. Elle trouvait ce mot inconvenant, encore empreinte de cette résignation ouvrière que lui avaient léguée ses parents. Elle aspirait à une existence calme et paisible, facile mais stimulante, à partager avec un homme, si possible toujours le même, du moins pendant de nombreuses années. Lui avait une peur panique de ne connaître qu'une seule femme, il voulait pénétrer un maximum de vagins, trouver un sens dans cette quête désespérée, humide et chaude. Il était désordonné, volubile, inconstant, animé d'une telle fougue et d'une telle énergie qu'il finissait épuisé et triste, comme si la chance de prouver son talent au monde ne lui serait jamais donnée. Il savait que le diplôme qu'il préparait ne le formait à aucun métier reconnu ou recherché, il avait abandonné ses ambitions littéraires et ne serait jamais Cortázar. Il voulait tout faire bien, avec brio et démesure, panache et audace, tout découvrir, tout savoir, tout lire, et la médiocrité de son quotidien, l'aspect répétitif de ses journées, d'un continent à l'autre, le rendaient constamment blasé, définitivement las de tout avant d'avoir essayé. Avec candeur, elle avait pensé que l'abandon dans ses bras et tout l'amour dont elle aspirait à le combler lui seraient une aide précieuse ; il avait condamné la possibilité de s'abandonner à elle par peur, par un orgueil sot et sans limites. Il jouait la carte de l'homme désabusé qui a trop souffert pour croire encore en ces choses ; l'amour est une illusion et l'amitié ce qu'il reste de plus précieux à celui qui a connu la blessure incurable de la déception sentimentale.

Elle avait entretenu une haine tenace envers les femmes qu'il avait connues avant elle et qui – elle le pensait sincèrement – lui avaient retiré tout espoir de jouir un jour pleinement de sa tendresse. Elle méprisait avec ardeur celles qui avaient pu profiter de son amant sans se donner toutes les peines du monde pour le garder. Elle pensait encore alors qu'un homme se mérite, que l'amour se travaille, comme s'il se fût agi d'un chantier, d'une matière à polir et à laquelle donner forme. Il avait dû beaucoup souffrir et espérer de femmes ingrates pour lui avoir montré autant d'indifférence.

Et puis un matin, dans le RER C qui la conduisait à Rungis où elle effectuait un remplacement en tant que *chargée d'opérations téléphoniques*, tandis qu'elle regardait les grands ensembles sur sa route, sa rancœur s'en était allée, laissant place à un manque absolu. Elle n'avait plus de colère, elle pouvait ainsi se laisser aller à la nostalgie ; au milieu de ce décor absurde et gris, de réverbères et de dalles de béton, tout son être le réclamait. Avec ses anciennes maîtresses elle aurait pu parler de son odeur, de ses fines attaches, des frissons qui l'avaient parcourue lorsqu'il lui mordillait légèrement la lèvre inférieure avant de l'embrasser. Il était *sorti* avec beaucoup de femmes, elles étaient toutes tombées amoureuses de lui, d'un amour bête et aveuglant, avec cette capacité qu'ont les femmes de penser au pluriel, de vivre chaque histoire comme si c'était la première, de reléguer leurs intérêts personnels au second plan au profit de ceux d'une entité à part, précieuse et primordiale : le couple.

Plus pragmatique, sans aucun doute bien plus intelligent, il n'avait pensé qu'à lui, enchaînant les conquêtes ou brisant des relations de longue durée avec des histoires sordides d'infidélité. Elle avait toujours cru tout ce qu'il lui avait dit, retourné les mots dans tous les sens, perdu le sommeil à chercher une logique – jusqu'à ce qu'elle comprenne que ces mots n'avaient aucune signification particulière ; ils correspondaient à son état à la seconde où ils sortaient de sa bouche, son humeur était constamment changeante. Les mots les plus brillants et les plus doux lui venaient au cours des préliminaires, « je t'aime » ne pouvait trouver son sens que dans une situation dépourvue de sensualité.

Elle ne ressentait plus de désir sexuel pour quiconque. Sans doute savait-elle que pour un quart d'heure de bon temps il lui faudrait affronter les mensonges et les faux-semblants d'hommes élégants, qui lui tiendraient la porte au restaurant avant de lâcher des pets froids post-coïtaux. Elle ne voulait pas affronter leur muflerie une fois leurs bourses vidées dans son entrejambe, cette animalité la débectait. Elle ne voulait plus être déçue, croire malgré elle à des slogans publicitaires ; quand on lui disait

« je ressens quelque chose de fort pour toi » au troisième rendez-vous, elle coupait les ponts. Tous les mots avaient été salis, leur vocation était de faire tomber sa jupe sur ses chevilles ou de la relever sur son bassin pour présenter son vagin à celui qui lui offrirait la meilleure logorrhée sirupeuse. Peut-être s'était-elle mise au sexe trop tard, que la précocité des premiers rapports s'expliquait par la mort prématurée du désir et des idéaux de la vie de couple. Elle ne supportait plus qu'on l'approche, les regards brûlants, les sous-entendus, le climat chaud et humide entre le premier baiser et la phase de déshabillage. Elle avait quitté sa famille et le cadre de vie qui avait été le sien depuis sa naissance pour se mettre en danger et trouver un sens ; elle avait échoué.

Il existait à Paris un phénomène amplifié qu'elle avait déjà pu observer en province : les gens n'avaient plus d'âge. Toutes les générations communiaient dans la *fête*, un mot très général pouvant désigner tout type d'occupation nocturne, du demi de bière en terrasse à la *soirée* sans fin en discothèque à boire des *consos* hors de prix – sur fond de musique électronique aux paroles hasardeuses en anglais évoquant le dance-floor ou le *sexy*. On n'avait jamais autant parlé de cul de manière *libérée* mais elle ne voyait que des célibataires *décomplexés*, obligés de consacrer une part non négligeable de leur revenu dans des *sorties* en quête du partenaire de débauche d'un soir ou d'un mois, délai maximal toléré. On parlait de sexe une fois que la volupté avait été reléguée au rayon des bizarreries un peu vieillottes et conservatrices, tout comme on n'avait jamais été aussi diplômé alors que les diplômes n'avaient plus aucune valeur. Elle rencontrait des ingénieurs stupides, des étudiants d'IUFM illettrés, fiers d'avoir atteint un niveau d'instruction élevé sans rougir de leur manque de curiosité et d'ouverture d'esprit. Ils avaient appris par cœur des formules mathématiques, des protocoles de sécurité, des normes d'hygiène, des *concepts*.

Il n'y avait plus de vieilles filles ou de vieux garçons puisque la vie de famille n'était plus un passage obligé de l'existence, mais un choix, comme celui du paquet de céréales, de l'animal de compagnie, du sofa, du frigo et bientôt de la couleur de cheveux du bébé conçu et customisé en laboratoire – avant implantation dans l'utérus de la mère, porteuse, naturelle ou d'éducation. Il n'y avait que des citoyens libres de s'amuser et de choisir leur solitude en se pensant maîtres de leur vie, quand celle-ci était rythmée par l'heure des passages du train de banlieue. Il y avait quelque chose de mortifère dans toutes ces pintes de bière exhibées sur les photos de *soirées,* dans les meutes de festivaliers qui criaient dans la rue, dans la recherche de l'approbation de centaines d'amis virtuels, dans les fêtards de trente-cinq ans qui draguaient des élèves de terminale dans les bars, dans les cursus universitaires sans fin et dans l'adulescence jusqu'à la mort.

13

Aurélie haïssait la station de Châtelet-les-Halles. Il était possible de marcher un quart d'heure pour changer de ligne, elle se savait filmée *pour sa sécurité*. Le RER arrivait en grinçant, il y avait de la mosaïque orange sur le quai. Des distributeurs de barres chocolatées et nanopaquets de chips de forme quasi futuriste renvoyaient une lumière artificielle intense, auréolés de leur sainte mission de lutte contre l'hypoglycémie des masses en transit. Des écrans plasma, plaqués contre les murs crasseux, promouvaient le dernier smartphone ultraplat. La technologie mise en avant à travers la publicité offrait un contraste saisissant avec l'allure de Cour des Miracles de la principale station RATP, pour quiconque aurait su y prêter attention. Les usagers avaient le regard baissé pour envoyer des smileys, contrôler le volume de la musique, lire la presse quotidienne gratuite distribuée en haut de l'Escalator, pour les esprits les plus lettrés. L'actualité devait être rapide, simple, facilement assimilable et renouvelée en permanence. Dans les arrondissements non touristiques, Aurélie détestait sentir le sol mou sous ses pieds après la pluie. Les mégots de cigarette, l'asphalte gonflé d'eau, les détritus composaient une moquette sous ses pas. Les sacs-poubelle étaient éviscérés, les murs recouverts de publicités ou d'affiches de concerts. La ville était sale et hostile.

Dans une agence de *marketing web*, elle avait rencontré Franck, qui vivait à Saint-Denis, à deux pas de la basilique des rois de France. Elle avait rapidement remarqué qu'elle lui plaisait, il était très maladroit, prétextant passer à l'accueil plusieurs fois par jour afin de vérifier si du courrier était arrivé pour lui. Il bégayait en la voyant et l'avait invitée dans un restaurant vietnamien en affichant une mine cramoisie. Elle avait accepté sa proposition et s'était un peu ennuyée. Il était daf, un cadre investi corps et âme dans son travail, avec lequel il ne faisait qu'un en une étreinte angoissée. Toute sa vie quotidienne était orientée vers son bureau. Ses amis, ses sorties, ses plans cul, ses relations n'avaient qu'un but : le laisser jouir d'une libération d'endorphines, à terme permettant de gagner en productivité. Il était ce qu'on appelle un « brave homme », une expression un peu maladroite pour désigner quelqu'un de gentil mais de nullement intéressant, avec une capacité de travail bien plus développée que la conversation.

Originaire des Ardennes, il était depuis vingt ans à Paris et avait acheté sur vingt-trois ans un F2 en Seine-Saint-Denis, un luxe que lui permettait sa paye confortable, pour un célibataire de plus de quarante ans. Il avait commencé des études aux Beaux-Arts d'Orléans avant de rejoindre un ami qui avait tenté de *monter sa boîte*. L'entreprise avait coulé mais il avait appris les bases de son métier et poursuivi sa formation continue avec le Cned. Il avait obtenu un BTS Comptabilité en candidat libre en trois ans, puis s'était inscrit en L2 de licence d'économie-gestion pour valider laborieusement les deux dernières années du cursus en quatre ans, son premier divorce l'ayant profondément atteint. Il avait ensuite emprunté à sa banque 50 000 francs afin de pouvoir étudier tranquillement deux ans, avant d'obtenir un master en marketing et communication des entreprises à Assas. Son plus grand regret était de n'avoir pas pu poursuivre en MBA ou en mastère spécialisé. Il lui fit cet aveu en baissant les yeux, la voix se coinça dans sa gorge. Il avait sans nul doute beaucoup de mérite dans ce parcours laborieux et auquel il n'était a priori pas destiné. Vingt ans avant elle, il avait décidé de défier sa condition et de s'en extirper. En luttant pour son poste, il avait bataillé pour sa survie. Il avait réussi matériellement et désirait jouir du fruit de son labeur sans sacrifice financier à concéder pour l'éducation de marmots. À la fin de la semaine il était épuisé, il était hors de question d'avoir des enfants à Paris. Il était impensable de vivre ailleurs, pour lui aussi. Il aspirait simplement à une vie de couple stable et propre, une compagne avec laquelle se complaire dans un sentimentalisme désuet, entre courses au Monoprix et soirées sushis avec location légale de films sur plateforme agréée.

Il était très fier de vivre à Paris et d'avoir pu étudier dans une des *meilleures universités de France*. Il avait été bien assimilé par sa ville d'adoption, il parlait de la province avec un détachement teinté de mépris. Comme beaucoup de Parisiens, il aimait le terroir et les restaurants de produits régionaux. Il se rendait dans des épiceries fines pour acheter des fromages secs et des petits vins *honnêtes mais sans prétention*. Il était une sorte de citadin enraciné dans son assiette, un rustique bien habillé, un nostalgique de la terre amoureux du macadam. Il sortait Aurélie dans de bons restaurants et lui payait sa place de concert tous les vendredis soir. Il y avait un artiste ou un *nouveau groupe prometteur* à voir toutes les fins de semaine, mais elle ne ressentait aucun enthousiasme, aucune envie de se plonger dans la vie artistique de la capitale. Il s'agissait toujours des mêmes groupes aux membres à cheveux longs, lunettes de soleil, barbe fournie, look ringard *second degré*, musique pop sucrée mâtinée d'électronique. Ils chantaient en anglais, qu'ils viennent de Charleville-Mézières ou de Saint-Étienne.

Il lui avait proposé de vivre avec lui et elle avait accepté, soulagée de rompre le cycle infernal des nuits à l'auberge. Il lui avait fallu plusieurs jours pour s'habituer à cette salle de bains propre, décorée, dans laquelle elle pouvait désormais prendre soin d'elle complètement nue, sans rupture d'eau chaude, avec différents parfums de gels douche disponibles. Malgré tout, elle était mal à l'aise dans ce nouvel appartement qui lui semblait immense, presque luxueux. Après six mois de chambre partagée en auberge de jeunesse, elle trouvait les pièces trop grandes, cet espace aménagé et ce petit confort lui étaient anxiogènes, comme un piège prêt à se refermer sur elle. Elle n'avait pas réussi à se loger par elle-même et cet échec lui laissait un goût amer. Sa valise n'avait toujours pas été ouverte, elle se tenait prête à partir. Sa vie des derniers mois avait été marquée par l'incertitude et l'instabilité, elle ne tenait plus en place. En dressant ce constat, elle pensa une fois de plus à Alejandro, toujours prêt à partir, sans attaches affectives et matérielles. Elle aurait voulu se débarrasser de ses souvenirs mais elle se sentait de plus en plus proche de lui. À Paris, elle avait expérimenté une forme d'exil bien différente du sien mais semblable sur de nombreux points ; elle ne pouvait s'empêcher de tout comparer à Grenoble, de sublimer tout en méprisant la ville de son enfance, les appels de sa mère lui serraient la gorge. Elle avait connu le dénuement, la précarité, le sentiment d'abandon, la nostalgie, le manque des siens. Elle aurait souhaité lui dire qu'elle le comprenait, qu'elle n'avait jamais cessé de l'aimer. Elle aurait pu rentrer du jour au lendemain mais rentrer à Grenoble aurait marqué la reconnaissance d'un échec, son orgueil la maintenait dans le rythme infernal qu'elle s'était imposé. Le mal qui la rongeait était profond, elle était insatisfaite de la vie qui l'attendait, à Grenoble comme à Paris. Elle devait *trouver sa place*.

Elle vivait avec un homme gentil qui souhaitait tout planifier, la combler de présents et d'embrassades molles. Il prenait les décisions à sa place sans qu'elle s'en offusque. Elle avait désormais un toit sur la tête, elle restait seule en attendant qu'il rentre du travail et regardait des DVD dans le salon où trônait une table basse design en verre. Elle regardait avec suspicion la cuisine minuscule équipée Mobalpa avec réfrigérateur américain trop imposant pour deux personnes, ce lit deux places dans lequel Franck la prenait doucement et sensuellement. Il était un bon amant, respectueux, encore un peu impressionné par le corps jeune et fin de sa nouvelle compagne. Il était sentimental et apaisant, courtois et maladroit, il aurait été le prince charmant de beaucoup de femmes un peu fleur bleue. Épargné par la pornographie de masse, il n'avait encore jamais abordé le sujet de la sodomie et n'insistait jamais lorsqu'elle n'avait pas envie. Elle n'avait pas de contraception, elle n'en avait finalement jamais eu besoin puisque Alejandro avait toujours des préservatifs chez lui. Pour les quelques accidents qui étaient survenus par la suite, l'éducation sexuelle avait porté de bons résultats, la capote était automatique, presque aussi rapide à enfiler que l'éjaculation à venir. Franck et elle avaient adopté la méthode du retrait mais n'abordaient jamais le sujet. C'était trop concret, trop trivial, trop inconvenant pour la bulle de félicité qu'il tentait de créer autour d'elle. Comme si ne pas vouloir d'enfant suffisait pour se prémunir du risque.

Après des années de sacrifices pour décrocher un emploi socialement valorisé, Franck souhaitait juste *profiter de sa paye* ; les enfants dans son esprit étaient associés à la fin du bonheur conjugal, l'ataraxie s'atteignait à deux, le but de la vie était de trouver sa *moitié*, nullement de se dupliquer avec elle. Il envisageait sans peine de ne jamais faire d'enfants et de ne pas transmettre son nom ; il trouvait cela arriéré, un peu ringard. Le nom n'avait qu'une fonction administrative et utilitariste. Il aimait ses parents et avait un frère, lui-même sans enfants. Il avait un schéma familial très proche de celui d'Aurélie. Provincial élevé dans une ville de taille moyenne en périphérie de la préfecture, fils d'un fonctionnaire catégorie C et d'une coiffeuse, petit-fils de paysans qu'il n'avait jamais connus.

Il avait néanmoins développé très jeune un talent pour le dessin et avait pris des cours de peinture dès l'entrée en sixième. Moqué par ses camarades pour cette passion désuète et « de pédale », il avait fini par cacher ses dessins et pleurer silencieusement dans son lit. Ses professeurs du collège s'inquiétaient de son *manque de socialisation*. Au lycée, il avait opté pour une filière L dans laquelle les « excentriques » se reconnaissaient aisément. Ces trois années d'adolescence et de premiers frissons artistiques étaient restées gravées dans sa mémoire comme les plus belles de sa vie. Il était alors chose aisée de se promettre l'amour jusqu'à la mort avec les jeunes poétesses. Il avait rencontré un succès certain auprès des photographes amatrices qui se rendaient dans les bois pour tirer des portraits d'inspiration gothique avec flaques de faux sang sur la neige.

Franck était tombé amoureux d'Aurélie assez vite. Il recherchait la douceur, il voulait transformer son deux-pièces en palace, combler son amante de petites attentions. Il avait apprécié qu'elle ne soit pas intéressée par l'argent et avait *craqué*, comme on dit, sur son mode de vie assez particulier. Il lui avait proposé de boire un verre un soir qu'il était sorti un peu tard de son bureau. Elle avait accepté en espérant manger à l'œil une entrecôte-frites. Elle avait bu quelques Martini et s'était emportée contre Paris, les Parisiens, les emplois misérables, le métro. Il avait ri aux éclats en écoutant sa diatribe contre Châtelet-les-Halles, il ne s'était aucunement senti attaqué lorsqu'elle avait vociféré contre les citadins en jean slim et Converse sur leur Vélib', ou attablés autour des tapis roulants, assistant aux défilés de sashimis dans de petites assiettes de couleur vive. Il avait vu en elle un talent pour le théâtre, quelque chose de démesuré et de passionné, il n'avait rien retenu sur le fond de ses propos. Elle s'était installée chez lui deux semaines plus tard.

Le quotidien était ponctué de moments de tendresse, textos sur les courses, préparations de salades composées et repas en tête-à-tête arrosés d'*un bon petit vin déniché chez un caviste indépendant*, aucun des deux n'y connaissait grand-chose. Ils regardaient parfois Arte et achetaient *Télérama* – qu'ils feuilletaient sans jamais le lire vraiment. Elle l'aimait bien. Il était généreux et avait pour elle un regard niais dont personne avant lui ne l'avait gratifiée. Elle ressentait pour lui une amitié un peu confuse, très peu de désir ; il pouvait quitter Paris plusieurs jours sans qu'elle ressente aucun manque, ni tristesse. Elle remarquait son absence par son malaise grandissant dans l'appartement. En un laps de temps très court, elle avait gagné une *situation sentimentale*. Elle avait gardé son emploi d'hôtesse d'accueil, avec son bac général elle ne pouvait aspirer à rien de plus gratifiant et mieux rémunéré. Rester assise et sourire toute la journée était devenu plus supportable depuis qu'elle vivait avec Franck, mais l'émotion dans sa voix lorsqu'il parlait du *bureau* l'énervait prodigieusement. Le hasard l'avait placé sur sa route et lui avait offert un logement, mais elle se sentait illégitime dans ce jeu amoureux dans lequel il l'avait placée. Tout était trop fort, trop rapide, trop planifié. Il voulait être en couple à tout prix, il carburait aux sentiments. Il l'aimait parce qu'il devait aimer quelqu'un. De son propre aveu, il ne supportait pas la solitude, il était un phobique du célibat.

Elle imaginait Alejandro prendre en levrette des corps différemment taillés. Certaines personnes sont calibrées pour l'instabilité et le changement, le plaisir sexuel est alors un plaisir gratuit, au potentiel illimité et réparti sur tout le globe. Le sexe était devenu le dernier loisir épicurien à une génération nourrie d'aliments de mauvaise qualité et insipides, évoluant dans un univers culturel et artistique quasi réduit au néant. La vie en ville et ses temps de transports indécents limitaient singulièrement les aspirations à la lecture et aux séquences de repos. Le sexe, gage de plaisir immédiat et marqueur social, était devenu à lui seul un leitmotiv. Je baise donc je suis.

« Mais tu n'as pas un plan de carrière ? Pas la moindre idée de ce que tu veux faire *vraiment* ? » lui demandait Franck une fois par jour, avec les sourcils relevés jusqu'au milieu de son front rayé d'une ride profonde. Il lui parlait du contrat juteux qu'il signait avec un gros client, elle avait un peu honte d'embrayer sur les discussions manucure-protocole d'accueil qu'elle avait eues avec ses collègues. Il partait travailler dans une tenue décontractée mais élégante, le soir il assumait sa calvitie naissante et quittait ses lentilles pour de grosses lunettes qui le vieillissaient de dix ans. Il se posait devant son ordinateur et saisissait ses *mails perso* très lentement, avec ses deux index et en cherchant chaque lettre désespérément. Il feignait d'être adapté, de suivre le rythme, mais elle sentait en lui un désespoir profond qu'une compagne n'aurait pu apaiser.

Elle savait qu'il lui faudrait un jour trouver un métier relativement épanouissant, entamer des études ou une formation. Sa vie avec Franck était comme une halte dans une course. Elle reprenait des forces et disposait d'une capacité d'épargne correcte en n'ayant plus l'obligation de régler de loyer. Bien qu'il ne le lui reprochât pas directement, il la sermonnait de plus en plus souvent sur son manque d'ambition. Si lui avait pu avoir un bac + 5, elle en avait aussi les capacités. Elle sentait qu'il voulait une compagne à sa hauteur, qu'une trentenaire dynamique aurait largement mieux convenu. Il était tombé amoureux d'elle parce qu'il avait un besoin physique d'être amoureux. Elle réalisa un jour, entre consternation et rires nerveux, qu'elle pensait comme un homme et qu'il l'aimait comme une femme.

14

Sa mère n'avait jamais été aussi fière de sa fille que lorsque Aurélie lui avait raconté travailler à l'accueil de studios d'enregistrement à La Plaine-Saint-Denis.

« Oh tu travailles à la télé ! T'en as de la chance ! Tu vois que ça sert à rien les études, hein ! Tu as vu Jean-Luc Reichmann ? Il est aussi sympa qu'à la télé ? Et Karine Ferri, elle est vraiment aussi mince ou c'est l'écran qui l'affine ? Et ils ont bonne mine ou c'est tout du maquillage ? »

Elle accueillait des candidats de jeux télévisés ou les retraités qui composaient le plus gros du public des émissions. Elle les invitait à s'asseoir et à attendre que quelqu'un du staff vienne les chercher. Alors elle pouvait lire en paix en écoutant d'une oreille distraite leurs potins et leurs anecdotes. Ils étaient gonflés d'orgueil d'avoir pu décrocher l'autographe d'un animateur ou poser à côté d'une miss météo « très gentille et pas du tout la grosse tête ». Ils n'hésitaient jamais à dénigrer celui qui n'avait pas pris le temps de venir les saluer. La télé était toute leur vie et Aurélie était toujours surprise devant cette race de gens qui se vantaient d'avoir posé une RTT pour participer à un jeu dans lequel ils n'avaient rien gagné.

Sur ce *site* elle avait rencontré Benjamin. Il était livreur le jour chez Pomme de pain et le soir dans une multinationale de la pizza. Il travaillait neuf heures par jour sur son scooter entre salades diététiques, formules Express, gourmande, méditerranéenne, managers nerveux, irascibles et méprisants. Ils échangeaient toujours des commentaires sur les livraisons de repas et sur l'assistant réalisateur qui tendait ses tickets-resto pour régler la commande avec l'air suffisant du larbin prétentieux. Ils étaient sortis boire une bière avant de rentrer chez lui, une chambre aménagée en micro-studette. Il ne l'avait pas approchée ni même tenté de l'embrasser. Elle n'était pas son style, il avait envie d'une amie de son âge avec laquelle partager des histoires sur la tournure absurde qu'avait prise sa vie. Il s'agissait là d'une réelle amitié, une expérience de son adolescence qu'elle était heureuse de revivre. Les rapports étaient francs mais il avait compris qu'il était préférable d'éviter de parler de femmes avec elle. Elle était toujours vexée d'entendre les hommes parler de leur plan cul de la veille avec un détachement auquel elle ne s'habituait décidément pas. Elle ne les comprendrait jamais, ils s'appuieraient toujours sur son cycle menstruel pour la qualifier de chieuse, d'hystérique ou de femme *trop compliquée*. Rien ne devait être complexe ou dense, tout devait être linéaire, adaptable, à la demande. Le désir du consommateur de disposer d'une capacité d'achat vingt-quatre heures sur vingt-quatre et sept jours sur sept se retrouvait dans la volonté de ses contemporains de disposer d'amis, camarades de fêtes, plans cul et relations sentimentales à leur guise. Toutes les formules de la vie sociale étaient sans engagement, rétractables sans délai de préavis.

Benjamin avait vingt-six ans. Il venait de la Sarthe, avait validé une licence d'histoire et emménagé à Paris pour poursuivre ses études à la Sorbonne. Il correspondait sur de nombreux points au jeune homme typique de sa génération mais avait une passion des plus originales pour l'histoire médiévale. Il n'avait pas eu droit à une chambre en résidence universitaire et avait commencé les livraisons pour financer son master recherche. Las, sa bourse et son boulot à mi-temps ne couvraient pas l'ensemble des frais. Il avait tout arrêté, la frustration avait prodigieusement enrichi son détaillant en shit qu'il voyait une à deux fois par semaine à Barbès, où il vivait dans dix-sept mètres carrés. Il ne pouvait envisager de rentrer au Mans ; Paris était laide, viciée et malsaine, comme une péripatéticienne vérolée. Mais une fois qu'on y avait vécu, il était impossible de faire marche arrière sans une raison valable. La lassitude et la fatigue n'étaient pas suffisantes. Rentrer dans une ville de province, c'était aller dans un Paris dénaturé, un labyrinthe de rues commerçantes aux enseignes identiques, aux produits manufacturés sans grand intérêt, flâner dans un centre-ville historique anémié, quelques maisons à colombage ne suffisaient pas à égaler le prestige et la classe de la capitale. Paris était répugnante et addictive.

Le père de Benjamin était comptable dans une société de transports et sa mère était restée au foyer, travaillant en tant qu'assistante maternelle. Il avait grandi dans une jolie et spacieuse maison à Mulsanne, un pavillon de campagne blanc avec petit jardin, construit rapidement et dupliqué à l'infini au cours de la décennie quatre-vingt-dix. Il avait pratiqué le piano jusqu'à l'adolescence, avant de se découvrir une passion pour le water-polo. Il avait été un adolescent modèle, charmeur, un de ceux qu'Aurélie n'osait jamais approcher au lycée. Trop grand, trop à l'aise, avec cette facilité d'action que certains ont ancrée dans leur ADN, comme s'ils ne rencontraient jamais la moindre difficulté. Il devait être un de ces étudiants brillants sans avoir besoin de s'acharner, fêtard, avec une jolie copine au bras, assez sérieux pour garder la même plus d'une année universitaire. Il avait participé à un chantier international bénévole, fait du Wwoofing, participé à des happenings pour Greenpeace, il incarnait la conciliation optimale du festivisme et de l'engagement. Il avait connu ses plus belles années jusqu'à son départ pour Paris. Dès son arrivée à Montparnasse, il avait été noyé dans une population de douze millions de personnes. Son charme désarmant, son sourire, son esprit, son bac + 3 ne lui suffiraient pas pour se démarquer.

Aurélie avait pu voir des photos de lui, prises quelques années auparavant et mises en ligne via Facebook. Il s'était terni, un éclat avait disparu, il était de ces hommes qui sont à l'apogée de leur physique au sortir de l'adolescence. Son regard était nettement moins vif, son sourire n'était plus aussi franc. Bien moins charmeur, il avait perdu sa superbe. De son propre aveu, il ne se sentait plus concerné par rien, tout lui passait par-dessus la tête. Il attendait la fin de la journée de travail pour retrouver son fauteuil et son cône. Il ne sortait plus mais disposait toujours d'énergie pour travailler. En province ils appartenaient à deux castes qui ne se fréquentaient pas, mais à Paris l'écart de niveau de vie entre classe moyenne et ouvriers disparaissait ; il n'existait plus qu'une seule catégorie : les travailleurs pauvres.

Quand elle rentrait après avoir passé la soirée avec Benjamin, Aurélie se questionnait des heures durant sur le moment où elle aurait le courage de quitter Franck en n'ayant absolument rien à lui reprocher. La question de l'après se posait dans son esprit, de manière continue et obsessionnelle. Lorsqu'il ne fumait pas, Benjamin affichait pourtant un optimisme contagieux. Un jour, il quitterait Paris et passerait son Capes à l'IUFM du Mans. Il serait prof d'histoire et achèterait une maison dans un coin de campagne où il pourrait avoir un potager. S'il échouait dans ce projet, il prévoyait de passer un CAP boulangerie et de se lancer dans le pain artisanal. Il la regardait parfois avec un œil brillant : « La résilience, Aurélie ! La résilience ! On ne va pas finir ici quand même. C'est impossible. On ne pourra pas passer notre vie à livrer des pizzas pour vivre dans des chambres. Il faudra bien inventer autre chose… »

Elle lui avait parlé de Franck sur un ton d'excuse. « Oh je comprends. C'est chiant de trouver un appartement ici, mon oncle a dû se porter caution. Le dossier est passé parce qu'il a sa PME sinon c'était cuit. Ne t'excuse pas de sauter sur une opportunité. T'as mieux à faire avec six cents euros par mois que de payer un taudis à peine assez grand pour un lit et une casserole. Mets ton fric de côté tant que tu le peux et rentre chez toi. » Il était ouvert d'esprit, peut-être trop pragmatique. Il était assez futé pour comprendre qu'une jeune femme présentable, sans beaucoup de ressources et sans famille pour la soutenir financièrement ne disposait pas d'un grand nombre de possibilités pour tirer son épingle du jeu. Le physique était un atout comme un autre sur lequel elle pouvait compter sans s'embarrasser de moraline. « Tu crois qu'au fond de lui il ne sent pas que t'es désespérée et que tu ne peux pas dire non à sa proposition ? S'il le voulait, il pourrait sortir avec une femme de son âge, une qui gagne le même salaire que lui, qui s'assume toute seule... Mais non ! Il te connaît à peine qu'il te ramène chez lui. Ce n'est sûrement pas désintéressé. C'est un échange de bons procédés mais tu es trop pudique et lui trop con pour l'admettre. »

L'idée ne l'avait jamais effleurée de coucher avec lui. Elle avait fini par acquérir l'intime conviction qu'il n'y avait pas chose plus aisée que de trouver un homme avec lequel assouvir ses basses pulsions. Trouver un ami fiable et fidèle était une réelle gageure. C'était dans son travail qu'elle l'avait rencontré, comme une juste récompense pour son temps perdu à adresser des sourires faux à des gens qui ne la regardaient même pas, à faire semblant de répondre au téléphone, posé là comme un accessoire de décoration. Benjamin était cynique et très intelligent. Il avait un don de conteur qui lui permettait de rendre chaque anecdote de travail hilarante ou révoltante. Un soir, il avait livré une douzaine de pizzas à Clamart. Un colosse en peignoir avec un œil hagard avait ouvert la porte. Son vêtement mal serré à la taille laissait entrevoir un long pénis flasque et des testicules particulièrement soumis à la loi de la gravité. Il avait eu beaucoup de mal à quitter l'organe des yeux. Le type ne trouvait pas sa carte de crédit pour régler la commande. Benjamin avait dû attendre pendant une bonne dizaine de minutes avant qu'il revienne avec une carte recouverte d'une poudre blanche et fine. Le type avait mouillé son index pour retenir la précieuse poudre sur son doigt. Il avait tendu sa carte humide à Benjamin qui avait dû faire comme si de rien n'était.

Il attendait le moment de rentrer dans la Sarthe, lorsque son corps lui indiquerait que supporter Paris ne serait plus possible. Étudiant, il avait travaillé un temps comme vacher. Il avait appris avec son père des bases de mécanique et de bricolage, il avait eu une enfance et une adolescence saines, dans une zone rurale pas trop isolée. Elle n'avait jamais touché ni appris à observer le sol. Elle était une pure citadine, elle ignorait tout des cycles naturels, des vêlages, de la traite, des travaux agricoles. Elle prenait conscience de son ignorance des savoirs de base que sa mère n'avait pas pris la peine de lui inculquer, obsédée qu'elle était que sa fille ait un travail, peu importait qu'il fût stupide, éreintant ou malhonnête. Lorsqu'elle se décidait à rentrer de chez Benjamin en Vélib' après avoir raté le dernier métro, elle sentait l'angoisse lui serrer la gorge en montant les escaliers. Elle réveillait Franck, ils faisaient l'amour et elle s'endormait. Le lendemain, lorsqu'elle recevait son appel à 6 heures, elle quittait l'appartement en toute discrétion et mettait ses chaussures sur le paillasson d'entrée. Elle s'habillait dans le noir et quittait l'appartement sur la pointe des pieds, de peur de le réveiller et de devoir l'embrasser pour lui souhaiter une bonne journée.

15

Au terme d'une journée épuisante au cours de laquelle elle avait passé plus de temps dans le métro que derrière sa banque d'accueil, elle s'était posée sur un banc boulevard Voltaire. Son dernier remplacement s'était achevé à 21 heures dans un cabinet d'avocats du VIIIe arrondissement – elle avait reçu la consigne de ne jamais partir avant le dernier associé, eût-il décidé de rester jusqu'à minuit. Elle avait encore plusieurs heures à tuer, en tentant de déchiffrer les aventures de Traveler et Oliveira en langue originale. Lire en espagnol était particulièrement laborieux. Le ton surréaliste du livre lui fit d'abord passer la vision d'une silhouette frêle au profil busqué pour une hallucination. Elle referma le livre et le fixa longuement. Il était toujours filiforme, comme une créature en deux dimensions. Il avait laissé ses cheveux pousser, le vent les rejetait en arrière tandis qu'il avançait de son pas lent et régulier, un casque énorme posé sur ses oreilles, diffusant probablement une mélodie habillée d'un texte brumeux en anglais (« *arrest this man, he talks in maths, he buzzes like a fridge* »). Il avait continué de marcher cinquante mètres avant de se retourner et revenir vers elle.

Elle sentit son cœur se serrer lorsque sa joue vint frôler la sienne, la bise fut silencieuse ; tous deux retinrent leur souffle. Elle avait reconnu son odeur entre transpiration, déodorant bon marché, tabac et eau de Cologne. C'était une odeur simple, virile et un peu sale qui lui rappela aussitôt le plaisir qu'elle avait eu en ses bras. Elle se revit, nue, se lever dans son appartement vétuste, hésiter devant ses étagères, finissant par connaître le titre de tous ses livres, se jurant d'avoir un avis pour chacun, pouvoir le lui donner un jour dans un espagnol impeccable. Elle se souvint de ses airs de louve lorsqu'elle humait ses cheveux pendant son sommeil, de la force qu'elle ressentait dans son ventre, cette énergie qui l'empêchait de dormir, du vocabulaire qu'elle apprenait pour l'impressionner, des conversations qu'elle imaginait avoir avec lui et qu'elle n'avait jamais pu tenir, la faute à sa pudeur, sa maladresse, son désir qui l'emportait sur tout. Elle arrivait chez lui et l'embrassait avant de dire un mot, ils avaient fait l'amour sans dire une phrase et s'endormaient parfois ainsi, à la fin d'une soirée marquée par les soupirs, les râles et les mots d'amour prononcés en deux langues.

Une ride commençait à se creuser au milieu du front, elle eut le sentiment de ne l'avoir pas vu depuis dix ans. Elle l'imagina avec des cheveux blancs, un air assagi, une mine travaillée par le temps. Il serait un beau vieux. Elle se retint de caresser sa joue et d'embrasser sa main, elle était soudain envahie par une vague de tendresse et de chagrin. Il ne l'avait jamais quittée. Elle avait pris le métro avec lui, discuté à voix haute en l'imaginant à ses côtés, son amour avait habité son être et pris toute la place ; elle ne pouvait plus aimer personne. Il jeta légèrement sa tête en arrière, elle fut sonnée. Il n'y aurait plus que lui. Il serait le seul à jouir de cette force et de cet instinct animal qui la mettait à ses pieds. Elle eût aimé lui dire qu'il lui avait manqué, mais la phrase était faible, un peu convenue. Vivre sans toi m'est donc impossible. C'est terrible, pensa-t-elle, comme les plus belles émotions sont traduites par les phrases les plus grotesques. Été comme hiver tu vas me manquer. Je n'ai rien de mieux à faire que t'écouter. Tu es mon amour. Non, bien sûr que je ne dirai pas ça, continua-t-elle de penser tandis que le silence s'imposait entre eux.

« Oui oui ça va. Et toi ? »

À la vue de cet homme, quelque chose en elle se déchire. Il semble troublé de la voir aussi. Combien d'autres femmes a-t-il touchées ? Cette question brûle sa poitrine. Ils ne parlent pas. Ils commencent des phrases qu'ils ne terminent pas, respirent bruyamment. Le bruit de la circulation remplit le silence, ils se décalent pour éviter les passants. Il lui demande de l'appeler ; il habite à Paris désormais, station Télégraphe. Depuis quelques jours à peine. Elle hésite à se réjouir de cette nouvelle ; les voici tous deux désormais prisonniers entre les mêmes murs.

*

De loin elle aperçut Benjamin, air renfrogné, capuche rabattue, visage parcouru de tics. Elle était restée trois jours sans le voir et il lui sembla plus gris. Il retrouva le sourire en approchant, trouvant assez de forces pour la saluer en levant mollement le bras. Il lui fit deux baisers sonores sur les joues, comme une vieille dame qui reçoit de la visite. Elle se mit à pleurer presque aussitôt. Elle avait revu Alejandro, le grand amour dont elle lui avait tant parlé, l'équilibre des derniers mois, dans lesquels il n'avait été présent que par fantasme, s'était subitement effondré. Assumer la présence d'Alejandro, c'était le début d'une nouvelle affaire, remplie de complications et de frustrations. C'était un homme difficile, qui ne s'apprivoise pas, qui fait du mal et ne demande jamais pardon. Cependant, il lui était impensable de ne pas le voir, elle sentait déjà le manque dans son corps, le besoin d'être à ses côtés. C'était ridicule ou incompréhensible, elle ne voulait pas l'entendre la raisonner, elle voulait le prendre dans ses bras, l'embrasser, toucher son torse, s'endormir près de lui… Elle perdait son souffle. Benjamin, décontenancé, lui tenait les mains, ne sachant que faire face à ce désarroi et cette effusion de sentiments auxquels il ne comprenait rien. Il était à court de mots, dépassé, étranger à cet amour angoissé qui lui faisait perdre pied. Il n'avait jamais pleuré après avoir vu une femme. Il ne pouvait pas l'aider, cette passion bête et cruelle ne l'avait jamais frappé. « Tu ne peux pas comprendre » lui répétait-elle, exténuée. Elle avait raison, pensa-t-il, partagé entre le réconfort de s'être évité une peine inutile et la frustration de ne s'être jamais laissé aller à un tel débordement.

« Tu vas l'appeler alors ? fut la seule chose qui lui sembla pertinente à demander.

— Oui bien sûr » répondit-elle avec un sourire torturé.

Ils marchèrent un peu. Elle se décida à rentrer dormir chez Franck, embrassa Benjamin distraitement en lui recommandant de prendre soin de lui. Il n'avait pas l'air bien, il fumait sûrement trop, surtout quand il ne la voyait pas. « Tiens-moi au courant », lui dit-il en la regardant partir, inquiet de se retrouver seul. Il rentra chez lui à pied, traversant des rues animées par les restaurants miteux, les épiceries ouvertes la nuit, les laveries automatiques, où les femmes viennent avec leurs enfants surexcités. « Quelle vie de merde pour des enfants », pensa-t-il en passant devant deux prostituées africaines qui lui adressèrent un sourire franc.

*

Elle rentra chez Franck, il ne dormait pas. « Ma chérie ! dit-il en se levant du canapé et en remettant ses mules. Tu m'as manqué aujourd'hui. » Il écarta ses bras afin qu'elle vienne se blottir contre lui. Elle s'exécuta en ressentant du dégoût pour elle-même, pensa que ses bras ronds et son ventre moelleux étaient bien réconfortants. « Tu as faim ? lui demanda-t-il avec un ton gentillet qu'elle trouva ridicule. J'ai préparé des saucisses et de la purée ma puce ! »

Elle le trouvait trop vieux pour ces rituels benêts, elle s'en voulait de le mépriser et repensait aux mots de Benjamin. Sous son amour dégoulinant, il avait caché sa peur de vivre et vieillir seul. Il lui avait proposé de partager son quotidien, sa couche, son roman-photo. Il n'aimait pas ce qu'elle était, mais le simple fait qu'elle était une femme. La contingence l'avait menée ici. Avec Alejandro c'était une autre histoire, magnétique, intraduisible dans un langage de romance grotesque. Il avait repris sa place, dans chaque cellule de son corps. Elle se sentait alimentée à nouveau, irriguée, vivante, fière, apaisée et excitée. La vie reprendrait son cours naturel en se résumant à l'espace de ses bras. Elle serait bientôt à ses côtés, le temps aurait réparé ce qu'ils avaient détruit dans leur maladresse un an plus tôt. Elle tremblait d'impatience à l'idée de respirer l'odeur dans son cou, l'entendre parler de ce qu'il avait fait, appris et lu. Tout ce qui le concernait la passionnait.

« Mon frère a appelé tout à l'heure ! Il pense venir *sur* Paris avec sa copine. On pourrait dîner tous les quatre, qu'en penses-tu ? »

Il insistait en lui demandant si elle avait passé une bonne journée ; sa verge avait durci, elle le repoussa en lui répondant d'un « non » glacial. Depuis déjà plusieurs mois elle se prostituait dans de bonnes conditions. La perspective de trembler à nouveau d'amour lorsque son amant était assoupi lui donnait enfin une raison de mettre fin à ce jeu de dupes. Elle prit sa douche et l'entendit frapper contre la porte de la salle de bains : « Qu'est-ce que j'ai fait mon amour ? » Il parlait avec une voix suppliante, comme une victime. Il était un adepte du sado-masochisme qui substitue les sentiments au fouet. Il aurait été si facile de le mettre à terre, de jouer à la femme puissante, jeune de surcroît, qui écrase son vieil amant désemparé.

Elle sortit sans dire un mot, nue, paradant avec ce corps qu'elle ne lui montrait jamais à la lumière. Elle se coucha en silence, il s'allongea à ses côtés en essayant de l'embrasser. « Bon, j'espère que ça ira mieux demain. Dors bien ma chérie. » Elle ne répondit pas mais tarda à trouver le sommeil. Elle se sentait déjà en apnée, prête à exploser. Elle attendait de retrouver l'harmonie aux côtés d'Alejandro, la réunification de son corps, la réconciliation de son être et son esprit. C'était lui qui insufflait la vie. Franck la réveilla à 4 h 37, elle s'endormait côté réveil analogique vintage chiné à Saint-Ouen.

« Tu me dois tout, tu sais, lâcha-t-il sur un ton glacial qu'elle ne lui avait jamais entendu.

Il y a quelqu'un d'autre ? » Il durcissait sa voix pour masquer la crainte qui suintait de chaque mot. Elle ne put lui dire la vérité. Il y avait toujours eu quelqu'un d'autre.

16

« Ce fut long de t'attendre. Je suis arrivée chez toi, fébrile. J'ai frappé à la porte, tu n'as pas ouvert tout de suite, j'ai pris peur, j'ai utilisé mes poings, je sentais le sang affluer dans mes doigts. L'espace d'une seconde j'ai ressenti une angoisse terrible. Tu ne m'avais pas donné la bonne adresse, tu refusais de m'ouvrir, ou bien j'avais rêvé tout cela, un inconnu allait ouvrir, stupéfait de me trouver là, le rouge aux joues, les cheveux défaits, les yeux mouillés. Tu étais dans l'embrasure, plus beau qu'avant. J'ai eu le sentiment de ne t'avoir pas vu depuis une éternité. Tu m'as proposé d'entrer, ta voix était chevrotante. Nous avons parlé de cette année, exceptionnelle pour moi, lassante et vide pour toi. Tu m'as avoué que je t'avais manqué. J'ai eu du mal à te croire mais j'ai inscrit quelque part dans ma chair cette phrase, et je la ressortirai toujours pour me tenir chaud. Tes mains tremblaient en mettant le café dans ma tasse, tu m'as fixée du regard pendant une minute entière, le moment le plus intense de ma vie. Ton regard noir dans lequel je pourrais me noyer. Je sentais que tu avais envie de moi, mais nous avons changé, nous avons pris le temps de parler.

Tu as serré ma main dans la tienne. Tu n'aurais jamais fait cela avant. Pas ainsi. Je voyais ta poitrine se soulever. Pourquoi ne m'as-tu jamais répondu ? Tu m'as dit que c'était mieux ainsi. Que tu avais compris avoir commis une erreur terrible. Tu es arrivé à Lyon, tu as étudié, travaillé, rencontré d'autres femmes, mais il te manquait cette présence innocente, cette gamine un peu naïve qui t'écoutait vraiment, te chérissait, t'adorait sans oser le dire, perdant la voix au moment d'exprimer des choses profondes. Ça t'a manqué, l'absence de calcul, le don absolu, le rire immense et rare, la complicité, la tendresse, les heures à me parler sans que j'en perde une miette, sans que je te juge. Tu n'as pas osé me demander où j'étais partie, persuadé que j'avais rencontré un homme, que j'appartenais à cette race de femmes qui en ont deux ou trois dans leur vie, pas plus. Que tu pensais que c'était déjà trop tard pour toi. Avec moi il faut être là au bon moment et on gagne tout. Quelques mois trop tard et il ne reste plus rien, celui qui a mon affection rafle tout pour des années s'il sait saisir sa chance. Toi, ta chance, tu as cru l'avoir perdue pour toujours et tu en as été malade. Malade d'amour, cela t'est enfin arrivé. Ton front était brûlant, je l'ai su en posant mes lèvres. J'ai pris le temps de te déshabiller, redoutant le moment où il n'y aurait plus rien à enlever, où il n'y aurait plus cette excitation qui me coupe le souffle, où je redécouvrirais ton corps entre émerveillement et réconfort. Tu as caressé mes cheveux en même temps que tu venais en moi, j'ai bien vu que tu te retenais de les tirer. Dieu que tu as changé, que tu es doux. Tu m'aimes alors ? C'est bien vrai ?

Ton souvenir m'a accompagnée dans chaque matin froid, chaque soirée de solitude. Je n'ai eu de cesse de penser à toi. Je t'ai haï. Nous avions tout à Grenoble, mais il fallait que tu partes, que tu découvres une autre ville, d'autres femmes, que tu vives toujours cette existence dans un nouveau décor. J'ai espéré, puis fini par acquérir l'intime conviction que nous allions nous revoir. Car il en est ainsi : tu es dans chacune de mes journées, tu partages mes repas et guides mes pas. Nul autre que toi ne pourrait me faire perdre mes mots, me suivre dans chacun de mes mouvements, me faire aimer la pluie, me faire jouir par sa simple présence, avoir une ombre qui me suffit à observer. Toi, tu es la béatitude. Je ne suis entière qu'à tes côtés. J'aime ta finesse d'esprit, ton sens de l'observation, ton goût pour les belles choses, ta délicatesse, ton humeur et surtout : ce respect que nous partageons pour le silence. Si tu savais comme le silence me manque, comme j'ai en horreur les conversations stériles et courtoises. Avec toi tout est spontané, naturel. Je ne demande pas. Je ne doute pas. Je te donne tout, et j'en garde toujours quelque chose. »

Elle ne pouvait rester dormir avec lui. Il partageait l'appartement avec un autre Colombien qui ne tarderait pas à rentrer du travail. Il dormait dans le salon, entre la fenêtre et la kitchenette. Elle dut marcher sur la pointe des pieds entre les vêtements, les cartons, les DVD, les fléchettes et les bouteilles vides. Elle retrouvait ce chaos vivant, cet esprit de débrouille chaleureuse qu'il traînait toujours avec lui. Elle sortit en ouvrant la porte délicatement, se retourna une dernière fois pour l'observer dans son sommeil : il avait une main sur sa joue et l'autre dans le cou, comme auparavant. Devant cette beauté immuable, ce détail qui lui retournait le ventre, elle sentit son cœur se gonfler d'amour. Elle ne lui laissa pas la lettre qu'elle venait de lui écrire ; soudain, elle se sentit trop vieille pour cela. Elle avait fait l'amour différemment, avec moins de passion et plus de sensualité. Elle savait qu'elle ne revivrait pas son histoire avec lui comme à Grenoble, elle avait changé. Elle redescendit jusqu'au métro et jeta sa feuille à carreaux dans une poubelle de la RATP.

*

Franck l'attendait. Il semblait avoir vieilli par un effroyable coup du sort. « Nous devons parler », lui dit-elle avec l'assurance de ceux qui agissent poussés par l'amour. Son visage était incroyablement marqué, elle n'avait jamais vu cela aussi nettement. Elle ne l'avait jamais vraiment regardé. Il était sur le point de pleurer, ce fut lui qui prit la parole le premier.

« Je vais mourir seul. Seul comme un con dans cette ville. Avec mon crédit pour payer un appartement vide, à proposer à des femmes de l'habiter parce que je ne supporte pas d'y être seul, de faire tout ça juste pour moi. Parce que j'ai quarante-cinq balais, que j'ai tout fait pour être ici, installé confortablement dans une vie sûre, sans coups durs, sans fins de mois à la con, sans sacrifices tous les jours. Je voulais une existence facile, paisible. Je suis tranquille, j'ai des responsabilités, je suis proprio dans une ville qui coûte la peau du cul, dans laquelle les gamines comme toi sont tributaires de vieux paumés comme moi pour ne pas être à la rue. Je les vois défiler, les gamins sur leur scooter qui amènent le déjeuner au bureau. Obligés de passer leurs vingt ans sur des Mobylettes à livrer de la bouffe de merde à des cadres blasés, payés à poster des messages sur Facebook et faire des réunions... Ça ne va pas être facile pour toi, Aurélie. »

« Oui, j'ai bien compris. Ne t'inquiète pas pour moi. »

« C'est pour toi que je disais tout ça. Les études, la formation... Tu y repenseras un jour. Les amourettes avec les étudiants sans le sou, vivre sous les toits... Tu vas te lasser. Tu verras, plus vite que ce que tu crois tu auras un besoin physique de cohérence. La vie professionnelle ça semble être une illusion, c'en est une, sans aucun doute. Mais c'est une illusion structurante, rassurante, vertébrale. Avant les gens allaient à la messe, maintenant ils vont au travail, exécuter des gestes, des rituels, prononcer toujours les mêmes phrases. Ils en sortent épuisés et rassurés. Ils espèrent être indispensables à leur équipe, être irremplaçables, marquer leur temps avec leur emploi. Ils sont employés. On leur dit clairement : employé, utilisé, et ce mot ne les choque même pas. Rien n'angoisse plus que le chômage. Si des adolescents ont décidé à quinze ans de faire un BTS banque ou assurance ce n'est pas par passion. Ce n'est pas par envie, mais par peur. On leur met dans le crâne dès qu'ils tiennent debout qu'ils peuvent glander dans un bureau mais qu'il ne faut pas être au chômage. De toute façon, tous ces gens, que feraient-ils de leur journée s'ils ne devaient pas courir chercher les gamins à l'école, courir faire les courses, courir poser le chèque, courir pour aller se faire emmerder par un supérieur hiérarchique ? À l'hôpital, au supermarché, dans la com', toujours le même cirque. Toujours un connard au-dessus de ta tête que tu n'arrives pas à envoyer chier. Tu arrives à quarante ans, tu crois avoir tout connu, tout affronté, et tu n'arrives toujours pas à dire "non" à ton chef de pacotille. Tu crois être devenu un adulte, mais tu es toujours un enfant hésitant, tu balbuties, tu sues comme un porc au moment de dire "non", puis tu t'entends dire "oui". La vie te semble longue, mais indolore. Tu t'habitues à ces jeux d'ego, au ridicule de ta situation. Tu as à manger tous les jours, c'est un luxe. Tu te convaincs que tu as choisi le bon chemin, que tes rêves de gamin n'avaient aucun sens. Tu finis par penser que c'est débile d'écrire des livres, que c'est du temps perdu, qu'il vaut mieux faire les soldes, lire des magazines, marcher plutôt que flâner, courir plutôt que marcher. Tu vois des amis qui gagnent correctement leur vie s'entasser dans des F3 avec leur bonne femme et leurs deux gamins. Tu les prends de haut parce que toi tu n'as pas cette femme un peu ridicule, mal coiffée, jamais maquillée, toujours fatiguée, qui décongèle des plats… Mais en fait t'as pas de femme. T'es tout seul comme le con que tu es. Tu te crois fin dans ton célibat, mais un jour de crève tu comprends pourquoi tes amis ne voudraient pour rien au monde se retrouver seuls comme toi. Parce qu'il y a ce moment à la fin de la journée où ta femme te fait un bisou sur la joue. Vous baisez plus mais vous vous faites des bisous sur la joue. »

« Ça va aller, Franck. Tu vas rencontrer quelqu'un. »

« Bien sûr ! La prochaine sera sûrement moins naïve que toi. Elle aura reniflé le bon plan, elle sera au calme, elle n'aura plus le besoin de chercher des histoires fortes, des sentiments qui déchirent le bas-ventre, des parties de jambes en l'air qui débouchent sur des crises de larmes. C'est une erreur de se focaliser sur les femmes jeunes. À vingt ans elles recherchent du frisson, de l'abandon, de la douleur, de la vie. C'est beau. Il faut bien être vivant à un moment. »

Elle n'avait jamais défait sa valise, les adieux furent brefs. Elle le prit dans ses bras et lui souhaita bonne chance. Il eut un rictus mauvais et l'œil revanchard.

« Moi, dans tous les cas, ça va aller. Toi, tu es née vingt ans trop tard. »

17

« Ils ne parlent pas un mot d'espagnol mais ont pourtant dû passer une épreuve pour intégrer l'école.

— Pas un mot, vraiment ?

— Non c'est une catastrophe. Ils ajoutent des "a" à la fin des mots en espérant tomber juste. J'ai discuté avec l'ami qui m'a fait rentrer et qui enseigne le marketing web. Pendant ses cours les étudiants se connectent à Facebook et ne font pas les travaux à la maison qu'il demande. Ils lui disent qu'ils ont trop à lire.

— Ça me rappellerait presque la fac, tiens.

— Ils ne lâchent jamais leur téléphone. Ce qui m'étonne le plus, c'est qu'ils le laissent sur leur table, et ne le cachent même pas devant leurs professeurs. Ils ne sont pas insolents puisqu'ils ne voient pas que c'est inconvenant. Parfois, ils arrivent en cours avec la gueule enfarinée, ils quittent la salle pour aller vomir... Personne ne prend ça au sérieux. L'école, c'est juste une énième pompe à fric qui délivre un diplôme bidon. Les étudiants sont contents, ils se forment en alternance et ont leur argent de poche, l'entreprise dispose d'une main-d'œuvre bon marché. Et les diplômes sont complètement inadaptés au métier auquel ils sont censés préparer. De toute façon tu n'as pas le droit de mal noter, ils paient ! Il faut afficher les meilleurs taux de réussite. Alors le seul qui arrive à faire une phrase au présent simple je lui mets 20 ! En plus je ne suis en remplacement que pour trois mois…

— C'est vrai. Et que comptes-tu faire ensuite ?

— Livreur de sushis. Avec deux masters je devrais pouvoir avoir le droit de postuler.

— Non, la priorité est accordée aux étudiants en japonais à langues O. »

Il eut un rire bref et acide. Elle releva sa tête posée sur son torse pour le fixer dans les yeux avec un air gourmand et doux. « Tu as des yeux de biche », réussit-il à lui dire avec une petite voix en remettant une de ses longues mèches derrière son oreille. Il devenait sinistre. Il était à Paris depuis un mois et partageait vingt-cinq mètres carrés avec un compatriote qu'il ne voyait que très peu. Le manque d'intimité pouvait devenir très rapidement insupportable. Alejandro travaillait comme professeur d'espagnol dans une énième école de commerce privée. Les locaux étaient situés au rez-de-chaussée d'un immeuble collé à un gratte-ciel de La Défense. Tout était *cheap* : les Gordon Gekko en formation qui visaient Wall Street et ne dépasseraient pas le périphérique, leur niveau de langue en formation prétendument internationale mais reconnue de justesse par l'État français, le site de l'école traduit dans un mauvais anglais, les salles de classe aux néons faibles et à la lumière blafarde, les formateurs blasés comme des professeurs de l'enseignement public professionnel. Les étudiants étaient balourds et prétentieux, endimanchés dans du prêt-à-porter moyen de gamme, accrochés à des ambitions de trading, marketing ou international management, désireux de percer dans un milieu peuplé de gens qui les prendraient de haut, à raison. Il ne s'agissait pas de former la relève de l'élite économique et financière, mais de satisfaire les caprices de la classe moyenne qui ne pouvait accéder ni à l'Essec ni à HEC.

« Tu es râleur comme un Français, dit-elle avec un ton mutin surjoué, regrettant à l'instant sa mauvaise blague.
— Forcément, ça fait des années que je vis ici ! Il faudrait que je garde mon accent et que je sorte dans la rue avec un poncho pour vous plaire. Vous me reprochez de ne pas incarner vos clichés, ça me fatigue !

— Je ne te reproche rien !

— Je te parle de mon quotidien en France, donc je parle comme un Français ! Ce qui se passe ici me concerne autant que toi. Si je pouvais voter j'irais voter, quand mes amis me parlent de ce qui se passe en Colombie je ne me sens pas concerné. Tout ça c'est loin, ce n'est plus ma vie. Je ne suis plus vraiment colombien et ne serai jamais français. Et quand je parle avec toi, je dois presque m'excuser de connaître ton pays et ses problèmes.

— Je ne te demande pas de t'excuser, j'aimerais bien que tout ne finisse pas en drame quand je te parle.

— Ah oui, je prends tout mal ! Il est susceptible le métèque en plus !

— Je ne t'ai jamais considéré comme un métèque ! Dans trente secondes tu vas me traiter de raciste, c'est tellement facile...

— Très franchement je n'ai jamais été victime de racisme dans ce pays, je suis trop européen par ma culture pour ça et pas assez noir de peau. Je ne sais pas trop pourquoi... Si j'étais un Colombien blond aux yeux bleus on me résumerait à mon passeport de la même façon. En fait, vous n'êtes pas racistes, vous êtes des xénophiles. Vous voulez imiter les États-Unis tout en vous targuant d'une exception culturelle. Vous voulez le *melting pot*, la diversité et toutes ces conneries, tout en reniant le communautarisme... Ces choses n'existent pas ! Au Brésil les descendants d'esclaves ont la même couleur que leurs ancêtres et les arrière-petits-fils d'Allemands sont toujours blonds. Les gens ne se mélangent pas.

— Tu n'épouserais pas une Européenne ?
— Si, mais ça ne marcherait pas. Elle aurait ses rêves de foyer à la con, elle voudrait acheter à crédit un pavillon gardé par des lions en plâtre, avec un portail automatique peint en vert bouteille, elle déciderait un mois à l'avance du repas du réveillon avec ses parents, elle râlerait en mettant la table. On aurait des gamins, elle serait contente de leur donner un nom espagnol pour avoir son certificat de bonne citoyenne engagée dans une union biculturelle, elle achèterait de la jolie layette neuve... Tu ne comprends pas, je ne peux pas, c'est physique ! Je suis façonné pour tout faire à l'arrache, pour ne jamais rien prévoir, pour m'adapter, pas pour planifier. Vous pensez à votre retraite à dix-huit ans, vous prospectez pour la nounou à peine le test de grossesse réalisé, vous réservez vos vacances un an avant... On n'est pas faits comme ça, c'est tout. Vos écoles, vos diplômes, vos plans de carrière... Je vous envie. Vous êtes propres, ordonnés, vous ne mourrez pas de faim, vos ancêtres ont travaillé dur pour ça. Mais on ne se comprendra jamais, c'est tout. Tous les matins quand je

partais à l'école je voyais que ma mère avait peur. En Colombie, on n'annonce même plus les morts à la télé. Ici, quand un journaliste meurt c'est une tragédie nationale. Alors, me marier avec une Européenne... Pour quoi faire Aurélie ? Tu es très belle, je t'adore. Je pense même que je t'aime. Il y a quelque chose avec toi, c'est évident... Mais tout ça, ce n'est pas vraiment sérieux. L'amour, c'est un beau sentiment, mais je ne suis pas dans votre délire mystique sur l'âme sœur, l'amour qui change une personne et toutes ces conneries. C'est un beau sentiment qu'on ressent pour plusieurs personnes dans sa vie, en fonction du contexte, de la place disponible dans la tête pour ça... Il n'y a pas qu'une seule personne, il n'y a pas de grand amour. »

Il sortit du lit et fit deux grandes enjambées pour se servir un verre d'eau, sa verge encore humide ballottait contre ses cuisses. Elle n'avait pas aimé la tournure qu'avait prise leur conversation, elle massa l'espace entre ses sourcils du bout des doigts en poussant de longs soupirs. Ce qu'il avait dit ne l'affectait pas, elle avait tiré les mêmes conclusions en observant Franck se consumer d'amour pour elle ; elle regretta surtout d'avoir perdu du temps de sommeil avec cet énième et éreintant dialogue de sourds.

Elle voyait Alejandro tous les jours, dès que son *coloc* partait travailler : professeur d'espagnol pour une société de cours de soutien scolaire à domicile le jour et serveur dans un bar latino-caribéen la nuit. Il travaillait près de cinquante heures par semaine. Il rentrait au moment où elle recevait l'adresse de son lieu de travail par texto à 6 heures ; il lui claquait la bise et ils échangeaient des banalités brèves dans un espagnol très accessible qui lui donnait le sentiment de maîtriser enfin la langue. Elle n'était plus une clandestine dans la vie de son amant, ils sortaient régulièrement dans les milieux colombiens, les seuls qu'Alejandro avait réussi à intégrer. Il se lassait de ne voir toujours que des compatriotes, il craignait de rester et devenir un marginal au milieu des Français qui ne parleraient toujours de lui que comme « le Colombien », sans jamais faire abstraction de son pays d'origine. Aurélie tenta plusieurs fois de lui expliquer qu'il avait de la chance de pouvoir compter sur sa communauté ; à Paris, au milieu de douze millions de compatriotes, elle n'avait pu se trouver qu'un seul ami. Leur tentative d'assimilation à la société parisienne s'était soldée par un implacable échec. Aurélie se demandait si son intronisation auprès des amis d'Alejandro n'était pas davantage une preuve de la fatigue et de la lassitude de ce dernier qu'un gage d'attachement.

Les discussions se complexifiaient et gagnaient en durée, parfois au détriment des préliminaires. L'amour physique était plus bref, moins central dans leur relation. Elle pouvait désormais s'opposer à lui et exprimer son désaccord. Il était toujours orgueilleux et susceptible, les conversations pouvaient prendre une tournure désagréable très rapidement. Il revenait toujours en lui demandant pardon, lui expliquant ce qui avait pu le blesser. Il y avait des mots qui pour lui étaient insultants, des phrases qui pouvaient le heurter, il y avait entre eux une frontière que tout leur amour ne parvenait à détruire. Lexicalement, socialement, culturellement, elle ressentait le décalage avec tristesse et résignation. Elle aurait voulu ignorer l'ensemble des valeurs et des codes divergents qui rendaient parfois la communication si laborieuse, voire impossible. Elle, française, désireuse de toujours tout dire, d'exprimer avec clarté, très rationnelle et peu instinctive, parfois ennuyeuse et prévisible ; lui, Colombien, chaleureux mais méfiant de nature, toujours à user d'euphémismes ou de périphrases, préférant souvent mentir par omission que dire la vérité. Un soir, elle l'avait attendu en vain et s'était endormie chez lui. Son colocataire l'avait réveillée en rentrant. Elle avait passé une journée affreuse, à imaginer les raisons pour lesquelles il avait découché. Il s'était justifié d'un laconique « j'ai bu un verre avec les gens qui travaillent à l'école ». En développant son alibi, il avait fini par admettre avoir beaucoup bu, avec des étudiants, et même quelques étudiantes, pas si laides que ça. Folle de rage, elle s'était emportée contre lui en le traitant de menteur. Elle s'était surprise à se complaire dans son hystérie mollement feinte, dans cette crise de couple convenue à laquelle elle n'avait jusqu'alors jamais été confrontée.

Aurélie commençait à perdre sa confiance. Il s'endormait à ses côtés en lui murmurant « je t'aime » dans l'oreille, elle priait pour que cela fût vrai. Elle ne parvenait pas à l'imaginer fidèle, mais cette idée ne l'empêchait jamais de trouver le sommeil. Désormais, elle était une jeune femme épuisée, aux antipodes de la post-adolescente qu'elle était lorsqu'elle l'avait connu. Ils étaient sur un pied d'égalité, chacun luttant pour sa propre survie à Paris. Le temps qu'ils passaient ensemble leur servait d'exutoire mais ni lui ni elle ne parlaient de l'avenir. Elle l'avait attendu, avait espéré ce moment, mais retrouver Alejandro n'avait pas rendu son quotidien plus agréable. La sécrétion d'endorphines libérée grâce à l'amour physique ne suffisait pas pour qu'elle supporte le métro. Au cours de ses longues journées éreintantes d'inactivité, d'ongles propres, de dos droit et de taxis à réserver dans un anglais abâtardi, elle se cherchait un avenir professionnel sur Internet. En un an, elle avait terriblement vieilli.

*

Depuis plusieurs semaines et de plus en plus souvent, Aurélie restait chez Benjamin les soirs où elle n'était pas aux côtés d'Alejandro. Il l'avait rencontré et avait trouvé Aurélie superbe à son bras, s'interrogeant malgré tout sur les obscures raisons qui expliquaient son intérêt pour ce freluquet imberbe aux yeux ronds et sombres. Il lui enviait le luxe de jouir d'une tendresse infinie ; dans cette ville monstrueuse, Alejandro avait une place unique dans la vie d'une femme. Benjamin n'avait pas cet honneur, il n'était attendu par personne. Ses managers étaient obnubilés par leurs objectifs, livrer le plus de pizzas en un temps record, c'était le sens qu'ils avaient donné à leur vie, sans jamais apercevoir la mascarade ou le ridicule de leurs activités. Toutes les personnes qu'il rencontrait s'étouffaient dans le sérieux, chacun jouait sa partition avec rigueur et méthode, tout en bas de l'échelle pour un salaire ridicule. Il était soumis à une pression, une guerre sans fin entre les concurrents. « Si tu n'es pas content, j'ai une pile de CV en attente sur mon bureau. Pense à tous ceux qui accepteraient de prendre ta place dans la seconde », lui aurait-on dit. Les sociétés pour lesquelles il travaillait devaient être les plus rapides, les mieux évaluées par les clients, il devait pour cela utiliser des phrases types pour dire bonjour, sonner à l'Interphone, annoncer le prix et encaisser. Le sourire, comme pour Aurélie dans son travail, était une obligation professionnelle. Il serait autant jugé sur son labeur que sur son capital sympathie. Il devait être corvéable et disponible à l'envi pour le moindre quidam qui commandait un déjeuner réglé en ticket-resto. Toutes les ressources de son jeune âge devaient être mobilisées pour être un domestique servile au service d'un groupe leader de la malbouffe.

Aurélie aimait de plus en plus partager ses expériences de travail avec Benjamin, qui n'avait aucun désir sexuel pour elle, ce qui la réjouissait au plus haut point.

« Je me dis que si j'ai autant aimé le sexe avec Alejandro c'est parce que c'était bon, je découvrais ce nouveau plaisir, mais c'est surtout que je n'avais rien d'autre à faire. Je comprends que j'ai dû terriblement l'agacer parfois, quand il devait résoudre ses problèmes de paperasse et que je le bouffais des yeux, prête à pleurer à l'idée de ne pas le voir pendant deux jours. Maintenant, le soir j'ai juste envie de dormir.

Lui aussi, je le sens. Parfois, nous allons dans des bars *latinos*, nous nous forçons à boire, nous voulons nous rassurer. Nous n'avons pas passé toute notre semaine à simplement travailler et prendre le métro. Lui et moi avons des boulots tellement absurdes en plus...

— Tu as remarqué Aurélie ? On connaît tellement bien Paris maintenant qu'on peut même se payer le luxe de s'y ennuyer. Tu te rends compte quand même ? Être à Paris et ne pas vouloir sortir de chez soi, n'en avoir rien à foutre de la tour Eiffel, gueuler contre les troupeaux de touristes, ne plus supporter d'être pris en photo dans la rue malgré soi... Je me fais chier ici.

— Je ne m'ennuie pas mais j'ai une vie bien plus fatigante qu'à Grenoble, et au bout d'un an je n'ai toujours pas de logement à mon nom. Je squatte partout, j'ai le sentiment d'être un cas social. Il faut une ou deux heures même pour acheter une brique de lait, dénicher un bouquin ou aller au cinéma. Cette ville rend fou.

— Elle n'est pas pour nous. Nous sommes chargés de la logistique et du rafraîchissement de la façade d'un village témoin. »

18

Benjamin avait été renversé par un taxi G7, une Mercedes classe A de couleur noire immatriculée dans les Hauts-de-Seine, un vendredi soir de novembre 2010. Sa jambe droite avait été fracturée, ses poignets le faisaient atrocement souffrir. Il avait été conduit au service des urgences avec des morceaux de pizza savoyarde collés sur la joue, le conducteur du taxi avait filmé son départ pour l'hôpital avec son téléphone portable. Aurélie avait reçu la nouvelle sans surprise et lui rendait visite tous les jours, dans une ambiance lourde et sinistre.

« Je vais partir, maintenant je le sais. Regarde dans quel état je suis, putain… J'ai sacrifié une jambe pour vendre des pizzas sur un scoot, j'ai négligé le code de la route pour pouvoir gagner deux minutes sur une commande. Cette vie rend con. Regarde-toi. Tu es belle, intelligente, tu es payée pour perdre ton temps dans des halls d'accueil. Tu gâches ton énergie, tu vas passer à côté de ta jeunesse dans cette ville de merde. »

Elle l'écoutait en baissant les yeux, trop penaude pour répliquer, trop honteuse de lui donner raison. Il avait retrouvé de l'éclat, alimenté par la haine et le mépris. Il était habité par la fièvre, mis au supplice par son esprit qui le conduisait sur des chemins escarpés et des itinéraires tortueux tandis que son corps manquait de se nécroser sur un lit. Il était passionné, véhément, se jurant de relever mille défis, prenant le Ciel, Dieu (qu'il n'avait jamais invoqué), les infirmières, les aides-soignantes, les visiteurs à témoin qu'il n'aurait pas une vie de con. Il oubliait la douleur dans ses diatribes, il était acerbe, grandiloquent, dur, implacable et tombait toujours juste. Aurélie venait tous les jours s'asseoir à ses côtés recevoir sa gifle, se souvenant avec douleur des montagnes qu'elle n'avait jamais gravies, par paresse, peur, désir de découvrir autre chose, plus loin, plus difficile d'accès, comme pour se justifier de son inaction.

« La vie nous a semblé difficile parce qu'on essayait d'imiter nos parents, dans une époque qui avait trop changé pour qu'on y parvienne.

On a lutté, étudié, envisagé de passer des concours, on a bêtement voulu faire comme eux... Et on s'est plantés. Il faut inventer autre chose, chercher une place ailleurs, dans d'autres lieux, d'autres corps de métier, d'autres décors. Il faut tout recommencer, Aurélie. Tout. On ne va pas rester ici à s'emmerder pour avoir une pâle copie de la vie au rabais de nos vieux. Il va falloir qu'on trouve notre place quand eux avaient un parcours tout désigné. Il faut arrêter de se lamenter de vivre moins bien que nos parents. Ils ont connu une époque de plein emploi, tu rentrais dans un magasin acheter des savates et t'étais vendeur de savates le lendemain, tu pouvais devenir VRP sans un seul diplôme... À quoi ça les a menés ce cirque ? Finalement, il n'y a rien à leur envier. Il faut faire le deuil de l'opulence, le deuil de Paris, le deuil de la France, le deuil du plein emploi. Et surtout, il ne faut plus jamais se laisser marcher sur les pieds. »

*

Une croix bleue s'était affichée après trois minutes sur un gadget médical acheté dans une pharmacie de garde. Alejandro dormait encore, elle hésita à le réveiller. Son visage semblait apaisé mais était agité d'imperceptibles tics nerveux. Ils s'étaient aimés, inconsciemment, sottement, tout en guettant tous deux le moment au cours duquel il faudrait bien se dire adieu, quand les choses auraient été trop loin, trop incontrôlables, trop violentes et trop absurdes. Quand chacun serait déterminé à reprendre sa route sans l'autre, acceptant l'aspect artificiel et un peu forcé de cette seconde chance qu'ils s'étaient donnée dans cette ville qu'ils détestaient désormais ensemble. Ils communiaient dans la frustration et la déception ; elle portait l'enfant de cet homme, ce n'était pas une surprise. Au cours des derniers mois, ils étaient trop épuisés et abattus pour penser aux détails pratiques lorsque le désir les ranimait quelque peu. Elle décida de ne rien lui dire et se rendormit.

Le lendemain, sa journée suivit le rythme habituel, avec lenteur et résignation. Elle en oublia par moments qu'elle était enceinte, ce mot lui était étranger. Tout ne pouvait pas changer en un instant. Le cours paisible et silencieux de sa journée ne se trouva guère chamboulé. Elle travailla dans une étude de notaires du VIIe arrondissement, réalisant qu'elle remplaçait l'hôtesse titulaire partie en congé maternité. La vie de mère lui était alors inconcevable, la perspective de voir son ventre enfler lui paraissait ridicule. La maternité était tellement loin qu'elle n'avait pas même songé à s'en protéger. C'était une expérience qu'elle aimerait vivre un jour, mais porter la vie en se questionnant constamment sur le sens de la sienne n'était pas envisageable. Elle retrouva Alejandro le soir, il lui parla de sa journée, préparant des pâtes trop cuites et trop salées dans lesquelles il versa le contenu d'une boîte de thon passée au micro-ondes. Le tout avait un goût ferreux, elle se retint de vomir. Jusqu'à ce qu'il s'endorme, elle fut incapable de lui parler. « Tu dois être crevée », dit-il avec un léger haussement d'épaules qui lui fit l'effet d'un coup dans l'estomac. Il s'endormit en ronflant, marmonnant quelques mots en espagnol, elle crut comprendre qu'il faisait un rêve érotique. Elle eut soudain le sentiment de vivre avec lui depuis vingt ans, comme si leurs corps jeunes et fringants étaient devenus vieux et las. Que s'était-il passé au cours des derniers mois ? Son corps avait accumulé tant de fatigue qu'il avait bien fallu assimiler les leçons qu'elle avait tâché de ne pas comprendre auparavant. Elle s'apprêtait à lui dire adieu, en le regardant dormir égoïstement, sans ressentir l'angoisse de la femme à ses côtés qu'il prétendait aimer, elle fut soulagée de pouvoir enfin l'extirper de ses pensées.

Si elle partait sans rien lui dire, elle savait qu'il ne la rattraperait pas. Il serait soulagé, ferait mine d'avoir été trompé, abandonné, en retrouvant la liberté de mouvement qu'il avait le sentiment de perdre quand il couchait trop longtemps avec la même femme. Cela s'imposait à elle comme une évidence, la clef du problème résidait dans sa disparition. (« *How to disappear completely... and never be found again.* ») Ils s'étaient retrouvés par le plus complet des hasards, au terme d'une année chaotique au cours de laquelle ils s'étaient manqués et désirés, leur duo n'avait désormais plus aucun sens. Sans Aurélie, il partirait enfin partout, sans aucune culpabilité, prêt à débouler avec son sac dans n'importe quel endroit avec la rage décuplée du nouvel arrivant. Cela jusqu'à l'épuisement, ou jusqu'à ce qu'il trouve sa place. Elle le respectait infiniment pour son esprit de résilience, elle le savait talentueux et pria en son for intérieur pour qu'il réussisse à faire ce dont il avait réellement envie. Elle le regarda dans son sommeil et fut parcourue de sanglots. Elle parvint à s'endormir en posant malgré elle la main sur son ventre.

*

Elle se rendit le lendemain dans un service de planification de l'AP-HP. L'infirmière qui la reçut avait l'habitude, avant qu'elle eût le temps de s'asseoir, elle ouvrit un dossier dans lequel elle consigna la date et le numéro de Sécurité sociale d'Aurélie, l'entretien était une simple formalité. Elle lui demanda de réaliser une échographie, « C'est pour voir si l'embryon est viable, sinon on ne procède pas à l'IVG, on laisse faire la nature. C'est moins traumatisant, vous comprenez. »

Aurélie se rendit l'après-midi dans un laboratoire d'imagerie médicale. Dans le métro, elle protégea son ventre à plusieurs reprises des usagers qui risquaient de la bousculer. Elle était animée par un instinct de protection qu'elle n'avait jamais soupçonné. En décidant de ne plus revoir Alejandro, elle avait accepté sa condition. Elle se sentait rattrapée par son propre corps qui lui dictait sa loi : elle était habitée par l'amour. Cette ébauche d'enfant dans son bas-ventre, qu'elle s'acharnait à chasser de son esprit, l'animait d'une force redoutable. Elle s'en voulait de chercher à le protéger, de sentir que ses mouvements étaient plus lents, que toutes ses pensées étaient tournées vers son ventre et son sexe, cette fente ridicule par laquelle la vie était entrée, dans un moment d'oubli et d'égarement, pour quelques minutes d'un menu plaisir. Elle se sentait bien vieille, stupide, irresponsable avant tout. Elle pleura de douleur les jours qui suivirent l'échographie, la photo de la tache blanche, ronde et pure à la main. Elle était désormais seule dans l'appartement de Benjamin. Alejandro ne l'avait pas rappelée et elle souffrit bien plus qu'elle ne l'avait imaginé d'avoir vu juste. Elle se sentait déchirée, acide, faible, épuisée, hantée par l'image de l'échographie, cette jeune trace de vie, cette forme parfaite en elle, cette vision de beauté originelle, cet amas de cellules minuscules qui la bousculait dans son for intérieur. « Pardon », demandait-elle constamment, le souffle court, la poitrine douloureuse, les seins gonflés jusqu'à l'explosion. « Je ne ferai plus jamais ça, je te promets. J'agirai correctement maintenant, je serai digne », disait-elle à son ventre douloureux qui se tordait sous la torture de son esprit et de la culpabilité.

« Je n'avais jamais pensé sérieusement à être mère, mais maintenant ça me rattrape, avait-elle dit à Benjamin qui était si désolé pour elle qu'il avait cessé de se plaindre, malgré la douleur atroce de sa jambe en miettes. C'est comme si tout d'un coup… mon corps avait une mission. Comme s'il servait enfin à quelque chose. Comme si toute une mécanique parfaite se mettait en branle. Et je vais y mettre fin. C'est la seule chose à faire mais ça ne me semble pas naturel, ça me semble brutal, je ne comprends pas. » Elle posait sa tête sur son torse avec soulagement et gratitude. Il lui tapait mollement sur l'épaule, embarrassé, saisi du désir inavouable de l'embrasser, d'avoir un moment d'affection.

« Moi aussi je vais rentrer. Ne t'en fais pas Aurélie, ça va aller. Quand le moment sera venu, tu seras une excellente mère. »

*

L'infirmière lui avait proposé une date pour pratiquer « l'expulsion de l'embryon par voie médicamenteuse », lui demandant si son *ami* l'accompagnerait. Elle fut surprise de cette question, il lui semblait évident qu'il ne pouvait y avoir d'*ami* dans ces circonstances. Dans la salle d'attente du service, un jeune couple s'embrassait bruyamment à pleine bouche. Ils se débarrassaient du fruit de leur union, comme d'un effet secondaire indésirable, un trouble-fête bientôt balayé des mémoires. Ils parlaient de la soirée à laquelle ils étaient conviés le soir même, se bouffant des yeux, se consumant encore de désir l'un pour l'autre, avec un regard concupiscent qui la rendit malade. Le monde lui semblait trouble et empreint de médiocrité, d'histoires sordides et compliquées. Elle ne pouvait juger les bassesses des autres dont elle-même s'était rendue coupable, mais regrettait d'appartenir à cette espèce malsaine, alambiquée, torturée et triste.

Elle souffrait en croisant une femme enceinte, enviant sa mine radieuse, sa main posée sur son ventre avec délicatesse, elle vomissait son auréole de bonheur, comme une sainte-nitouche qui se serait laissé enfiler par un homme aimant, digne de confiance, un de ceux qu'on aime assez pour espérer vieillir à ses côtés, partager la déliquescence du corps et de l'esprit. Elle avait toujours la trentaine, il était inconvenant de faire des enfants quand on était jeune. C'était mettre au défi le caractère obligatoire de la jeunesse insouciante et égocentrée. Il fallait procréer quand on avait une *situation*, un conjoint de longue date, un appartement avec une chambre déjà prête, une commode Trogen et un lit Hensvik. Elle méprisait ces gens qui faisaient tout dans les règles, qui se reproduisaient à la date indiquée, calculaient la date de l'ovulation avec le calendrier établi par le professionnel de santé, le terme même de *planification familiale* lui filait la nausée. Celles qui annonçaient la grossesse à la famille en ouvrant la bouteille de champagne, en provoquant le bonheur des futurs grands-parents qui avançaient aussitôt leurs suggestions de prénoms, celles qui n'avaient pas honte de dire « je me suis fait engrosser ».

Celles qui pensaient à la retraite, souscrivaient des assurances complémentaires, épargnaient sur des comptes spéciaux : celui pour la maison, celui pour les enfants, celui pour les vacances.

*

L'infirmière lui avait demandé une dernière fois si elle était sûre de son choix. À la confirmation d'Aurélie, elle tordit l'emballage d'aluminium qui contenait une unique pilule, minuscule. Elle lui tendit un gobelet d'eau et lui précisa qu'il était impératif de recommencer si elle vomissait. Elle ne supportait plus qu'on lui parle de nausées, de règles, de retards, de *partenaire sexuel*, de MST, de *projet de vie*, de *maternité consentie*, d'utérus, de cycle menstruel. Elle souhaitait trouver le calme, la simplicité, une existence sobre et apaisée. On l'avait conduite à une chambre individuelle dans laquelle elle passerait la matinée. Elle pourrait reprendre le travail l'après-midi avec un certificat de l'hôpital sans aucune mention de l'IVG. Elle ne retournerait pas au travail, elle avait envoyé sa lettre de démission et éteint son téléphone. Ses parents étaient avertis de son retour et n'avaient pas posé de questions.

Elle avait des maux de ventre affreux et perdit très rapidement du sang, abondamment. Dehors, elle entendait les bruits de la circulation, l'air avait un goût de cendre et d'aluminium. Elle avait vingt ans.

12242

Composition
NORD COMPO

*Achevé d'imprimer en Espagne
par CPI BOOKS IBERICA
le 5 février 2019.*

Dépôt légal : juillet 2018.
EAN 9782290164907
OTP L21EPLN002431A003

ÉDITIONS J'AI LU
87, quai Panhard-et-Levassor, 75013 Paris

Diffusion France et étranger : Flammarion